La Spezia Centro
SOCIETÀ CANOTTIERI VELOCIOR
dal 1883

19121 La Spezia ———————— Piazzale Dogane

The ADVENTURES of CAPTAIN SPENCER

Circe De Briggs

THE ASH GARDEN

ILLUSTRATED BY MORICE MOREAU

11

尤利西斯·摩尔
推理冒险系列

ULYSSES

MOORE

11 灰烬庄园

[意]帕多文尼高·巴卡拉里奥/著　顾志翔/译

中国出版集团　现代出版社

版权登记号：01-2018-8331

图书在版编目（CIP）数据

灰烬庄园 /（意）帕多文尼高·巴卡拉里奥著；顾志翔译 . —北京：现代出版社，2019.3（2021.6重印）

（尤利西斯·摩尔推理冒险系列）

ISBN 978-7-5143-7549-7

Ⅰ. ①灰… Ⅱ. ①帕… ②顾… Ⅲ. ①儿童小说－长篇小说－意大利－现代 Ⅳ. ① I546.84

中国版本图书馆 CIP 数据核字（2018）第 276665 号

灰烬庄园

作 者	[意] 帕多文尼高·巴卡拉里奥	
译 者	顾志翔	
责任编辑	邸中兴	
出版发行	现代出版社	
通信地址	北京市安定门外安华里 504 号	
邮政编码	100011	
电 话	010-64267325　64245264（传真）	
网 址	www.1980xd.com	
电子邮箱	xiandai@vip.sina.com	
印 刷	永清县晔盛亚胶印有限公司	
用 纸	660mm×900mm　1/16	
印 张	14	
字 数	174 千字	
版 次	2019 年 3 月第 1 版　2021 年 6 月第 2 次印刷	
书 号	ISBN 978-7-5143-7549-7	
定 价	39.80 元	

目　录

第一章
黄金之门

查帕面包屋后面的过道里，一扇门发出了一阵声响，这扇木门看上去十分古老，乍一看和小镇上其他的木门没有什么区别，但是如果仔细观察的话，就会发现上面的门锁加工得十分精细，上面挂着一小片金属薄片，同时还有一些卷曲的金属细条点缀在两侧。

从这扇门里又发出了一些声音，这次更加明显，并且在无人的过道里激起了一些回声。

现在已经是深夜了，面包房里的桌子一个个被叠起来摆放在一个角落里。

地板上到处都是泥脚印，吧台上摆放着一些空空如也的银色罐子以及几个盛满了法式面包的铝盘子，空气中仍然弥漫着面包特有的奶油香

味，并夹杂着烘烤之后的鸡蛋和蜂蜜的气味。查帕面包房的大门虚掩着，门外的街上空无一人。

各种杂物的碎片在道路上随处可见，基穆尔科夫的小镇上没有一点灯光：街边黑色的路灯，居民家的窗户，教堂上的钟楼——一般菲尼克斯神父总是习惯于在上面点上一盏灯，就连伦纳德·米纳索负责的灯塔今天晚上也是一片漆黑。在点点星光之下，只有海面上反射出银色的光芒。

整个基穆尔科夫笼罩在一片黑暗之中，寂静之中查帕面包房后面过道里的那扇门后传来的声音显得格外突兀。

接着传来了一下敲击声，第二下，在第三下的时候这扇古老的木门打开了。

一群苍蝇喷涌而出，伴随着一股湿热的空气令人窒息。

最后，从门里摇摇晃晃地走出来两个孩子，靠在对面的墙上，显得精疲力竭。

两人一言不发，用脚将门关上，不停在脸前挥动双手驱赶苍蝇。

其中的一个孩子头上戴着一顶如同椰子壳一般的金属头盔，一侧凹陷进去，穿着一条红黄相间的齐膝灯笼裤，裤子的下沿缝着两块宽大的布片，他赤着双脚，小腿和脚上伤痕累累，并且沾满了淤泥。

"我差点就被它们给生吞了！"另一个男孩使劲挠着自己的脖子和有些红肿的胳膊说道。他全身上下的衣服早已经破烂不堪：上身的衬衫几乎已经成了布条，一条裤子也破了好几个洞，脚上穿着一双破旧的皮拖鞋，"这恐怕是我见过的最凶恶的苍蝇了！"

"先别说了！"戴着凹陷头盔的那个男孩提醒了一句之后撒腿跑了起来。

两人来到了过道的尽头，掀开被用作隔断的帘子，直奔面包店的出口。

在到达门口之后，两人放慢了脚步，查看了一下街道上是否有人看见他们，然后再次向着沙滩的方向飞奔而去。

"我吃不消了！"穿着破烂衣服的男孩一边跑着，一边说着，同时开始脱下衣服。他略显瘦弱的身体上布满了红色的斑点。

在他跨过路边摆放着的几把斧头之后，双脚踩在冰冷的沙子上，随即男孩又灵活地避开了躺在地下的一张桌子和一把椅子，最后他一头扎进了海水里。

和他一同出来的另一人则显得不紧不慢的：他摘下了凹陷的头盔，整理了一下汗淋淋的红色头发，然后来到朋友的身边。"感觉好些了吗？"他的伙伴从水中探出头来问道。

"我觉得自己一定是疯了。"

"热带雨林苍蝇。"

"是的，可是……"男孩转身看了一眼身后的查帕面包房，"没想到它们如此凶恶，看看我身上被咬的包！"

红发男孩打了个哈欠，揉了揉已经充满疲惫的双眼，耐心地等着他的伙伴擦干身上的水滴。"我们能走了吗？"他最后问道，"我的眼皮已经快要打架了。"

另一个男孩点了点头，拿起了自己那套破烂的衣服抖了抖上面的沙子，然后重新穿在了身上。接着两人悄悄地经过面包店来到了主路上。

"咔嗒！"面包房里传出了一下清脆的响声。

"你听见了吗？"红发男孩突然停下了脚步。

空气里除了海鸥和海浪的声音之外，再没有其他响声了。

"有什么声音吗？"

红发男孩示意同伴先等一下，然后靠近了面包房的玻璃橱窗外。夜晚的天空如同涂了一层蜡一般一动不动。

基穆尔科夫的主路就横在两人的身后，一路向上经过老镇区，并最终通向早已经废弃不用的火车站。主路两侧的店铺全关着，除了那间动物医院：从玻璃窗里透射出微弱的烛光和油灯的光线。在大水中受伤的居民们都被送到了那里，由于小镇上的通电还没有恢复，因此人们不得不用这种最古老的方法来照明。

而街角的这家查帕面包房则奇迹般幸免于难。

"咔嗒！"

面包房里再次传来了这个声音。

两个男孩交换了一下眼神，便闪身入内。似乎有什么东西在桌子上一晃而过。

"真让人难以置信！"红发男孩惊讶地说道。

"它是怎么跟着我们过来的？"另一个男孩同样一副吃惊的表情。

在银盘的边上，有一个毛茸茸的小家伙，一脸满足的表情，似乎对于最好的英国面包房里制作的奶油十分满意。

准确点说，是一只美洲狮幼崽。

"可能是刚才在我们关门之前溜进来的！"

小美洲狮从桌子上一跃而下，来到了衣衫褴褛男孩的身边，高兴地在他的小腿上蹭来蹭去。

"怎么会这样？"男孩的后脑勺靠在了门上，一脸疲惫。

"被一群美洲狮和昆虫追着跑，发生这样的事也是没办法的……"另一个男孩重新戴好自己的头盔，"看来借助时光之门旅行不太适合你呀！"

"那现在怎么办？"他看着在地上打滚的美洲狮幼崽有些担心地问道。

"还能怎么办，你该不会想把这个小家伙留在面包房里吧？"他的同伴回答说，然后蹲了下来，一把抓住了小狮子的一只爪子。幼崽看上

去被吓了一跳，但是很快它又在男孩的抚摩中平静了下来，它看上去对人类没有半点敌意。

"真乖，小东西，现在我带你去你的新主人那里。"

"我不是它的主人！"衣衫褴褛的男孩立刻喊道，但是很快，这个小毛球就出现在了自己的怀里，"瑞克，拜托！我不想要它。我根本没办法养一只美洲狮！"

小狮子挣脱开来，开始在地上撒欢儿打转。

头戴破损头盔的那个男孩开心地笑着说："在我看来它好像很喜欢你的样子，托马索！"

第二章

火车站

"这不可能！"布莱克·沃卡诺一见到瑞克·班纳和托马索·拉涅利·斯特拉姆比出现在门口就说道。已经废弃了的基穆尔科夫火车站是一座传统的英式建筑，此时此刻的内部如同一座暖棚一样生长着各种各样的植物。前站长布莱克·沃卡诺已经打理过这个地方，清理掉了一些碎石块以及盘根错节的藤蔓植物，但是他留下了里面所有的树木。

原本售票处前面的一片区域上铺着地砖，现在这里已经覆盖上了厚厚一层地藓。

"你听我说，布莱克……"瑞克吸了口气说。

"不，你们听我说，孩子们！我现在又冷又累，一点力气都没有，更何况我对猫科动物过敏，所以，如果你们想要进屋里来的话，必须把

这个小家伙留在外面。"

"可这是一头美洲狮啊！"

"我不管它是美洲狮还是袋鼠，只要它掉毛，就不许进来！"

小家伙似乎意识到了两人在讨论关于它的事情，将男孩抱得更紧了。

"就通融这一次吧！"托马索恳求道。

布莱克·沃卡诺严肃地看着瑞克，问道："我能问一下你们为什么会带一头美洲狮回这里吗？"

"这不是我们'带回来'的，是它跟着我们过来的，不，是跟着他过来的……"

托马索尴尬地笑了笑说："真是不好意思，我也不知道是怎么回事。"

布莱克深深吸了口气，然后又叹了口气，挠了挠头，最后他移到了一边，让孩子们进到屋子里，"先看看它能不能适应这片小树林的环境吧，不过有一点我得说明，它绝对不允许到楼上的房间里去。"

孩子们穿过了火车站的候车室，夜晚的月光透过窗户洒进来，让这里的环境看上去如同在魔幻世界里一样。

布莱克走在前面，他穿着一条皱巴巴的短裤显得十分随意，脚上踩着一双宽大的毛拖鞋，火车站前站长来到了铁轨的对面，打开一扇小门然后走了进去。

"别把那只小猫带进来！"他头也不回地提醒托马索道。

男孩不再辩解，直接来到小树林里，费了些时间将那个小家伙从自己的衣服上扒下来，然后迅速跑进了门里，同时，瑞克很快将门关上了。

只听见幼狮在门外不停抓着挠着门板，嘴里还发出阵阵呜咽，不过两人并没有心软，直接转身走上了楼梯。

在二楼，由于供电还没有恢复，因此只能借助蜡烛来照明。

"可以进来吗？"瑞克上楼之后问道。

　　两个孩子身上的衣服散发着阵阵汗臭，令人作呕，他们也不等回答，便走进了二楼的一个房间里。在屋子的正中间摆放着两个铜盆，里面盛满了热水，布莱克脱掉了自己的鞋子，然后将双脚泡了进去。另一盆热水是留给茉莉娅·科文德的，女孩窝在沙发里，双眼紧闭，笼罩在热气之中，她的身上裹着一条方格被子，哪怕是在昏暗的烛光之下也能够清晰看见她的身体一直在颤抖。

　　"茉莉娅！"听到瑞克的叫声，女孩睁开了眼睛。男孩如同一个毫无经验的恋人一样，笨手笨脚地走到女孩身边坐了下来，一只手搭在女孩的肩膀上，对于他来说，做出这样一个体贴的动作似乎需要很大的勇气，"怎么样了？"

　　"哦，好吧……"女孩轻轻躲开了男孩的手臂，"我觉得实在太糟了。"

　　托马索在楼梯口停留了一会儿，仔细倾听着楼下的动静，直到确认了声音越来越轻，他才来到同伴这里，开始寻找喝的东西。

　　"在桌子上有一个银茶壶。"布莱克·沃卡诺说道，"你知道冰川吗？"然后他转向瑞克问道，一边用一条被子盖住了自己的膝盖，然后整理了一下还挂着冰碴子的胡须，"我们去的就是冰川的起源地。"

　　"阿嚏！"茉莉娅打了一个大大的喷嚏，就如同是在强调布莱克所说的话一样，然后她将头靠在了沙发背上。

　　瑞克将一只手搭在了女孩的额头上：似乎她烧得不轻。

　　看来让女孩跟随布莱克一起去基穆尔科夫灯塔下那扇时光之门的另一边不是一个好主意。那扇门通往图勒，一个西伯利亚史前冰川大陆，位于北极冰雪之间的虚幻之地。

　　显然，这个地方对于像茉莉娅这样刚从一场大病中恢复过来的女孩来说太冷了。

　　"有关于内斯特的消息吗？"瑞克满怀期望地问道。

　　布莱克·沃卡诺在热水中不停揉着自己的脚趾，"什么嘛，根本就没有，那里只有大风、大雪和冰川……"

　　托马索在杯子里倒上一杯热腾腾的茶水，然后拿起桌子上的一张纸，上面写着孩子们手上所有钥匙能够到达的地方：

　　图勒——灯塔底下；

　　黄金国——查帕面包房后面；

　　威尼斯——镜屋；

　　阿加缇——乌龟公园。

　　在列表的第一行里，杰尼神父的花园一行已经被划去：布莱克已经去过那里，但是没有找到任何内斯特的行踪。另外，通向亚特兰蒂斯的时光之门，也就是卡利普索书店里的那一扇，最好还是保持关闭着比较好，毕竟不久之前的那场大水几乎冲毁了整个基穆尔科夫小镇。而能够打开比格斯小姐家里那扇时光之门的猫之钥匙则不在他们的手上，同样缺少的还有那四把能够打开阿尔戈山庄里通向墨提斯号那扇时光之门的钥匙，不过孩子们清楚那四把钥匙被老园丁给带走了，而从那里，他可以去向任何一个虚幻之地。

　　那么尤利西斯·摩尔到底会选择什么地方呢？在走之前他没有通知任何人，也没有留下任何信息。前一天晚上，当老者的朋友们来到阿尔戈山庄，看见装着钥匙的盒子里少了四把的时候，他们很快就明白了内斯特一定是再次出发去寻找他的妻子珀涅罗珀了。也许从他知道妻子还活着的那一刻开始，就已经如此决定了。但是他已经上了年纪，而且腿脚不便，通常虚幻之地都隐藏着各种各样的陷阱，其中有些甚至是致命的，它们可不会理会你是尤利西斯·摩尔或是别人。于是，大家决定当天晚上就出发去寻找老者看是否能够帮得上忙，但是，这位老园丁却像是凭空消失了一般……

　　"那扇门的另一边位于一个洞穴的最深处……"布莱克还在继续说着。

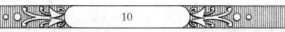

"阿嚏！"茱莉娅的喷嚏再次打断了男人的话。

"……而那个山洞就离巨人村不远。"火车站前站长的眼神中透露出一丝忧虑。

"巨人？"瑞克好奇地问道。

"像是生活在北极地区的部落：金色头发，身材又高又瘦，身上穿着兽皮，戴着护身符，使用动物骨头制作而成的武器，而且他们还饲养猛犸象……"布莱克停顿了一下，看了一眼托马索的表情，"幸好这些猛犸象并没有追着试图攻击我们……"

"听上去好像很刺激的样子……"来自威尼斯的男孩抿着嘴低声说道。

"不管怎么说，内斯特并没有去那里，"布莱克总结道，"而且如果他去了图勒却没有进入那个村庄的话，那他早就已经冻僵了。"

几个人一言不发，而托马索则从清单上划去了两个地名：图勒和黄金国。

"阿嚏！"茱莉娅再次打了个喷嚏，然后问道，"你们那边呢？"

"我们差点没让苍蝇吃掉……"瑞克情不自禁地挠了挠自己的手臂说，"在穿过了那片可怕的热带丛林之后，我们再次回到了黄金之城，虽然不久之前我们刚和沃尼克一起去过那里，不过再次过去还是很震撼……"

"是啊……"托马索再次沉浸在自己的思绪之中。闪亮而又雄伟的黄金之城里，建筑物上挂着无数绳子作为装饰，如同一根根项链和手链装扮在一位伟大的女王身上一样。一座座高塔面对着湖泊，微风吹过金色的树叶，发出令人如痴如醉的响声……

"言归正传，"瑞克转向布莱克·沃卡诺说道，"我们去见了那位你说的征服者。"

"他还活着吗？"

"没错，他活得好好的，还给我们介绍了一些好地方。"

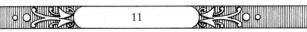

　　前火车站长使劲地搓着双手，直到它们都开始泛红。"著名的弗朗西斯科·皮萨罗，也是史上最懒的征服者，你知道当时他是怎么对我们说的吗？"他回忆道，"如果我在这里可以享受在黄金湖里钓鱼的悠闲生活，为什么我还要再次穿过丛林回去西班牙呢？"

　　"说得好像挺有道理的。"

　　"是啊，但是很遗憾后来……"

　　布莱克并没有说出下半句话来。

　　"后来怎么了？"

　　"没什么，都是些关于不好的人的糟糕回忆。他对你们说什么来着？"火车站前站长迅速转变了话题。

　　"他说有好些年没有见到尤利西斯·摩尔和你们这些朋友了，至少十年了吧。"

　　"十二年。"布莱克更正说，"前后相差不会超过一年。"

　　又是一阵长时间的沉默，这次被一阵树木摇晃的声音所打破，显然是那只小美洲狮发出的。

　　"这是什么声音？"茱莉娅有些吃惊地问道。

　　"是托马索的小美洲狮。"瑞克有些幸灾乐祸地看了一眼来自威尼斯的男孩。

　　"是它自己跟着我们跑来这里的。"男孩有些尴尬地解释道。

　　"一头……小美洲狮？这太酷了！"茱莉娅兴奋地说，"怎么没有把它一起带上来……阿嚏！"

　　"想也别想！"布莱克·沃卡诺打断说，"要是它打破玻璃的话你就该叫苦不迭了！"他转向托马索说道。

　　"一共有三种可能……"瑞克若有所思地说，"第一种可能性是内斯特并没有去我们手上钥匙能够到达的地方，而是去了一个只有墨提斯号

能够抵达的地方，第二种可能性是他去了我们去过的某个地方，只不过给我们提供消息的人没有见到过他……"

"那第三种呢？"托马索问。

"第三种可能性就是内斯特说服那些人让他们不要告诉我们见到过他的事情。"茱莉娅代替瑞克说了出来。

"那他为什么要这样做呢？"托马索疑惑地问道。

布莱克摇了摇头，"谁能搞得懂那个瘸子脑子里在想些什么呢？"他握紧拳头狠狠在水面上拍了一下说道，"他可能去任何地方，我既然这么说了，那就真的是……任何地方。"

四人相互之间交换了一个担忧的眼神。

"好吧，"布莱克最后说道，"我们一步一步来，大家先去睡觉，明天再来考虑这个问题。"

"我今晚可以睡在这里吗？"托马索打着哈欠问道。

"当然可以。"布莱克直截了当地回答说，"但是那头美洲狮明天得离开，不管用什么方法，反正得把它弄回热带丛林里去。"

瑞克在一边帮着茱莉娅擦干她的双脚。"你还好吗？"他有些担心地问道。

女孩打了一个寒战，紧紧抓住男孩。

男孩轻轻吻了一下她的额头。"我送你回家吧。"男孩一边温柔地说道，一边帮她穿上一双干爽的袜子。

在茱莉娅一切准备妥当之后，两人准备和火车站前站长道别离开。

但是布莱克几乎没有听见他们说话。"可能在任何地方……"他嘴里嘟囔着，同时水盆里的水已经不再那么热了。

第三章
神秘岛

望无际的黑色沙滩如同死亡一样寂静，偶有几个深紫色贝壳点缀其上，深灰色的天空中透射出金属的光泽，一点云彩都没有，一丝寒意伴随着北风一点点在蔓延，将一排排棕榈树吹成了弓形。

内斯特用手整理了一下头发，咬紧牙关，露出一副疲惫的表情。

这里的环境比他记忆之中更严酷。

当他用力推开那扇被涂成蓝色的木门时，立刻听到了海浪声、风声和鸟叫声，老园丁就这样站在门口静静聆听了许久。

一定要小心，他对自己说。老者的手上并没有可以防身的武器，而且他也不清楚这里究竟会发生什么。

最终他跨过门槛，四下张望，然后找来了一块大石头卡住木门不让

其关上，毕竟这是回去的唯一途径。

这里很热，而且潮湿，让人透不过气来，充满了热带雨林的感觉。

老者脱掉了身上的毛衣，拨开从屋顶上和地板下长出来的根须。这里看上去像一间客厅，从房子的风格上来看应该是建于 17 世纪，不过由于年久失修，整间屋子已经破破烂烂的了，墙上的墙皮已经完全剥落。

伴随着他的视线，老者看到了一个陈旧的壁炉以及上面的镜台，以及留在墙上的无数文字和划痕。

难解的文字，奇怪的图案，有些是用铁器刻下的，有些是用石头写上的。

字迹十分潦草，同时墙上还残留着油污。

老者呆呆地看着这些文字，他能够猜得到这是谁的杰作。

很快，他认出了自己的名字：尤利西斯·摩尔。

名字的四周画着一圈十字架符号，如同一幅墓地的地图一样，同样的还有他的那些朋友们：珀涅罗珀、彼得、布莱克和伦纳德。

所有的字母都被写得很大，而且有棱有角，在整张名单的下面画着一个骷髅和两根交叉着的胫骨，种种迹象表明这只有一种含义：复仇。

"希望不是你……"老园丁咬紧牙关，不再犹豫，离开了破屋子。

屋外的大风呼啸着，海浪不停地拍打着沙滩，老人并没有听到他身后那扇门关上的声音：有人悄悄拿走了那块挡住门的石块。

"我应该带一把武器过来的。"老者沿着沙滩一瘸一拐地走着，这样不管遇到什么问题心里会比较有底气一些，一把剑，或者是一把枪……如果能带一把枪过来的话就更好了，考虑到上次发生的事情。

然而并没有：老园丁从阿尔戈山庄过来的时候匆匆忙忙的，背包里只放了一些笔记本和木头船模，也没有一个清晰的想法。

一开始的时候他曾经想过将整个钥匙盒子带走，这样就能够不让别人找到他，但最后他改变了主意：别人想怎么做是别人的事情，与他无关。没人能够阻止他做想做的事：找到珀涅罗珀，不管付出何种代价。

同时他也喜欢一身轻装出门旅行。

不管怎么说，他的想法似乎是太天真了些，而且做这件事情的时候也过于冲动，有欠考虑，他原本并没有打算来到这座岛上，这个决定是在他踏上墨提斯号的甲板上时临时做出的，因为当时他突然冒出了一个疑问。

一个有些可怕的疑问。

于是他就这样过来了。

在一排被风吹弯棕榈树的另一侧，太平洋的海面如同一个巨大的泥潭。草地上湿漉漉的，显示着这里不久之前刚刚经历过一场暴风雨。

内斯特跨过一根被大风吹倒的树干，走向那片被太阳晒成白色的树木。

他的心中一直在问自己，此时此刻那个人是否正看着他。

那个人还活着吗？

那珀涅罗珀呢？

边上响起了一声海鸟的嘶叫声。

内斯特有些担心地四下张望了一阵，然后继续前进。在转过了一个山岬之后，他看到了一个废弃的村庄，就离他百米不到的距离，几幢破旧的木屋子，一个小码头以及数个船锚上用到的铁环。

他沿着一排棕榈树慢慢向前以避免被人看见，沙滩上有着十来个寄居蟹的小坑，过了一会儿，他精疲力竭地躲到了一根树干的后面，咬紧牙关，显得有些生气，一阵风吹过，老者嘴里有些骂骂咧咧的。

"我已经不再年轻，不应该再做这样的事情了。"他自言自语。

同样他也不再有那么好的耐心了。

最终，老者还是决定豁出去了。他就这样直接走了出去，反正在这个被上帝和人类遗忘的小岛上，如果真有谁还活着的话，那最好还是见一面，不管他到底是"那个人"……还是珀涅罗珀。

老者一边走着，一边回忆起整个岛屿的形状以及他原来住所的位置。"那个应该是海盗遗弃的村庄，所以说……"

突然他转过头来，侧耳倾听。

刚才似乎有什么声响。

他小心翼翼，同时又有些担心，他能够听见自己的心跳声，如同一位老人在很累的时候那样。

"嘿！"他愤怒地喊道，"我知道你就在这里！"

但是没有任何回应，棕榈树在风中不停地摇曳，也许只是一枚椰子落在了地上，也许是某个动物，也许是一只鸟，又或者是……

"冷静一下，"他对自己说，"不要慌。"

内斯特卷起袖子，他已经开始有点微微出汗了，然后他脱下背包，拿到胸前打开，从里面取出了带来的笔记本，看一下里面是否在某一本上画过小岛的地图，虽然他也不确定画有地图的笔记本是否和其他文件一起交给了译者。

老者就这样坐在沙子上，开始一页页地翻看笔记本，里面有关于扁舟之乡的记载，有关于亚特兰蒂斯的记载，有关于图勒的记载，还有关于黄金之国的记载……他很幸运，在最后剩下的几本笔记本中找到了一页非常模糊的地图，上面依稀可以辨认出标题：神秘岛。

看着纸张上的备注，老者的脸上露出了微笑。

那不是他自己的笔迹，而是珀涅罗珀留下的。

随后，他手里拿着那张地图，走向海盗村另一边的沙滩，在跨过几根树干并绕过另一个山岬之后，他沿着被笔记上描述为像一个括号一样

的沙滩继续前进。

马上到了，他告诉自己。

老者脱去鞋袜，踩进水里，透过那一排棕榈树的上方向岛中央望去。

海水十分混浊同时有些凉，海浪带来的贝壳碎片如同无数只手一般挠着他的脚丫。

当海水漫到他的腰部时，老者停下了脚步，他知道如果跨过安全线的话，就有可能被洋流给冲走。他抬起头，看见一座孤零零的火山轮廓，就在那些树木的上方。

按照地图上显示来看，统治者的监狱应该就在不远处。

他回到沙滩边，重新穿上鞋子和袜子，然后继续向前。沙滩上的螃蟹爬得飞快，而海浪很快就冲刷掉了老者的脚印，就好像他从未来过此地一样。

第四章
痛苦的苏醒

"着火啦！"杰森·科文德一下子醒来并跳了起来。

过了几秒钟之后，他才意识到身处阿尔戈山庄自己的房间里。

他满头大汗，心跳得飞快，脑子里的恐惧仍然挥之不去，但是他记不得是为什么：这场噩梦就如同一个泡沫一般在他醒来的同时瞬间消失了，男孩努力回忆着，但结果是徒劳的。

接着他意识到自己在睡梦中似乎将衣服踢到了床垫的另一端，于是男孩再次钻进被窝去找自己的衣服。

正在这时，突然一阵强烈的刺痛钻进了他的脊柱，令他几乎透不过气来。

男孩停在原地几秒钟，但是疼痛感似乎并没有减退的迹象，于是他

不得不将双脚搁在枕头上，双手紧贴着身体平躺着。

对于阿加缇，他的头脑里已经不记得多少东西了，不过显然他的身体清楚地保留着寒冷和疲惫所留下的后遗症，于是乎，前一天的晚上，他不得不放弃和伙伴们一起穿越时光之门寻找内斯特，而只能筋疲力尽地躺在自己的床上。

等他感觉略微好些之后，这才小心翼翼地拿回自己的睡衣，然后慢慢坐到床边，双手扶着自己的腰。

当他缓缓站起来时，终于意识到自己浑身上下没有一处是不酸痛的。

他拖着双脚来到窗边。

现在几点了？

黑暗已经散去，看上去像是早晨时分。

远处的乌云渐渐开始在地平线上聚集起来，不过基穆尔科夫这里仍然阳光明媚，海鸥在院子里树木的上空飞翔着，海面上波光粼粼，而房子里有着一股浓浓的烟味。

是木头烧焦的味道。

木头烧焦……还有汽油的味道。

男孩将视线投向了内斯特那幢小木屋的方向，所见之处只剩下了烧焦的木炭，黑色的灰烬随着风四散飘去。

他连这都差点忘记：就在前一天，鲍文医生试图烧掉整座阿尔戈山庄，幸好最终没有得逞，然后他使用主钥匙打开了这里的时光之门并且去到了深渊之桥，结果最后摔下了深渊。这些都是男孩的伙伴们在他从阿加缇回来之后告诉他的。

"简直死有余辜……"男孩自言自语说道，但很快对于自己这种漠视生命的想法感到有些羞愧。

"杰森？"一个声音在他的身后响起。

男孩转身望向门口：是茱莉娅。

"嘿，妹妹！"

"你醒了？"

"你说呢？快进来吧。"

女孩走进了房间，然后关上房门，问道："感觉怎么样？"

"说实话不太好，我脑袋有些昏昏沉沉的……而且浑身酸痛。"

"这就是你擅自跑去阿加缇的代价，你应该准备充……阿嚏！"

"保重！"杰森坏笑着说，"你让我想起了五十步笑百步的故事……"随后他立刻恢复了严肃的语气问，"内斯特那边有什么消息了吗？"

茱莉娅瞪了哥哥一眼，然后用手帕擦了擦自己的鼻子。女孩脸色苍白，两个黑眼圈看上去十分明显，"没有任何进展，只剩下威尼斯和阿加缇还没有去过了。"

"我不认为他会去阿加缇。"杰森若有所思地摇了摇头，"内斯特一定知道哪怕他在那里得到了珀涅罗珀的消息，也会在离开那里的时候全忘掉，就和我一样……"男孩打了个哈欠，"对了，现在几点了？"

"你该起床了，反正你已经睡了足够长的时间。"

正在这时，楼下传来了两人父母的声音：他们好像在商量什么事情。

"有麻烦了吗？"杰森有些担心地问道。

"那是当然。"茱莉娅微笑着回答说。

"嘿，小伙子！"当杰森踮着脚来到厨房门口探头张望时，科文德先生立即发现了他，"我们正好在说你的事情。"

这下不妙了。男孩的头一下子快要炸开了。尽管小镇才受到洪水的侵袭，而且内斯特的小屋遭受了火灾，但是对于他的父母来说，没有什么比他在学校里的事情更重要了。

　　杰森一言不发，坐到了自己的位子上，看着母亲熟练地准备着食物。但是女士并没有看他一眼，也没有说话：这表示她这次是真的生气了。

　　不管怎么说，烤面包配上黄油可以算是世界第八大奇迹了。

　　"我希望在和你说话的时候你能够看着我！"科文德先生继续说道，完全没有停下来的意思。

　　"可是你还什么都没有说啊！"

　　"我没有在和你开玩笑，杰森！把你的头发从眼睛上拨开！"

　　杰森用力将头发向后整理了一下。

　　同时他的爸爸站到他的面前，并没有就此作罢的意思，"你学校的郊游怎么样了？玩得还开心吗？"

　　杰森叹了口气，已经没有必要继续嘴硬了，他和瑞克随便找了一个学校郊游的借口以换取几天的自由时间……但是没想到基穆尔科夫在此期间发生了那么多事，所以这下算是被逮到了。

　　"是这样的，爸爸……我很抱歉。"男孩低着头说。

　　但是很快他就后悔了，他应该坚持到最后，不应该承认得那么快，不能让爸爸觉得他说的都是对的。

　　但已经太晚了，话已经说出去了。

　　"你很抱歉？"科文德先生用难以置信的表情强调道，"你要说的就只有这些？你很抱歉？你到底知不知道我和你的妈妈这两天经历了些什么？"

　　这些都是父亲的老套路了，目的就是让杰森上钩。

　　"你能说说你的脑子里到底在想些什么吗？你怎么可以做这样的事情？"

　　现在就是在套他的话了，杰森知道。一定不要松口，他告诉自己说，"事情很快就会过去的。"

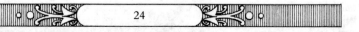

　　但是男孩的爸爸仍在继续说道："我就搞不懂你怎么会找这么一个离谱的借口，两天的学校旅行？你怎么会想到来这样欺骗我们的？去什么天文台？还是多佛尔海峡？"

　　"是去伦敦。"杰森低声说道，哪怕是说谎也得找一个比较高档一点的地方。

　　"伦敦，对啊，那最后呢？你做了些什么？这两天你去了哪里？"

　　杰森一言不发，头一直低着，哪怕是听见了自己的妹妹从楼梯上走下来坐到了他的身边。尽管男孩没有指望妹妹会帮自己开脱，但他还是感到了一丝欣慰，毕竟茱莉娅知道究竟发生了什么。

　　"我们只想知道真相，杰森！"这时，男孩的妈妈终于开口了，手上还拿着咖啡壶。

　　看来，最麻烦的时刻终于还是来了。

　　真相！

　　要是杰森说出真相的话，恐怕自己的父母听到一半的时候就先晕过去了。事实就是他、安妮塔和瑞克偷偷乘坐飞机去了图卢兹，去比利牛斯山脉寻找一个虚幻之地，他们跨过了一道悬崖，认识了一个小镇上的最后一位居民，找到了一扇尚未完工的时光之门，然后穿越到了地底深处的一个神秘迷宫里，并且最终借助彼得·德多路士的热气球得以逃脱出来……

　　杰森的话已经到了嘴边，最终只是张开嘴巴叹了口气，然后低下头，继续一言不发。

　　科文德女士盯着男孩看了一会儿，表情有些失望，由于不知道还应该说些什么，她只能继续做自己的事。

　　"你不想说吗？"科文德先生口气严肃地问道，"你不想告诉我们你做了些什么？没关系，反正你说与不说结果都是一样的，从现在开始你

得接受惩罚，除了吃饭或是我们叫你的情况之外，你只能一直待在自己的房间里，明白了吗？"

"可是……"

"没有可是，杰森，这次你做得实在是太过分了！"

"那我上学怎么办？"男孩有史以来第一次抗议道。

"今天校车不会来，明天也不会来，这里到晚上之前一直处于停电的状态。"

"你们不能这样把我关在房间里一整天！"

"不行吗？为什么？"

杰森向妹妹投去了求助的眼光，"你倒是也说点什么呀！"

但是茱莉娅只是简单地耸了耸肩。

"现在赶紧吃完你的面包然后回房去！"父亲最后说道。

杰森一下子站了起来，在他看来这种惩罚完全是不公平的，他很想反抗，很想呐喊，但是什么都说不出来，他经历了如此多的困难才让人们得以幸免于难，此时此刻却无法让自己摆脱窘境……

"不过……"这时科文德女士再次开口，"杰森，也许还有另外一个解决方法，如果你真的不想一整天都待在房间里的话。"

杰森满怀期待地看着自己的妈妈，如同抓住了一根救命稻草一般。

"你可以帮助我们一起为这里收拾残局，比如打扫院子，将那些烧焦的树挪开……"

杰森失望地一屁股坐回到椅子上。

"可怜的内斯特这几天请假了，"母亲继续说道，"发生这种事情他一定大受打击，这可以理解。"

"不仅如此……"科文德先生补充道。

这时厨房里突然出现了一阵奇怪的寂静。

两位成年人对视了一眼，然后摇了摇头。这个细节让茱莉娅给看在眼里，于是她问道："你们知道发生了什么吗？"

"没什么！"

"绝对没什么！"

但是茱莉娅的直觉告诉她事情没有那么简单。

"你们有什么其他打算吗？"她继续问道。

杰森再次整理了一下自己的头发，然后看着父母。

科文德女士有些紧张地收拾着桌子上的餐具，"孩子们，这事我们还没有和你们商量过，因为就目前而言一切都仅仅停留在想法的阶段，还没有做出任何决定。"

说着她将双手搭在了丈夫的肩膀上。

"不祥的预感，"杰森心想，"他们好像已经达成一致了。"

"你们也知道其实我们非常喜欢这个家，但是……"

"但是？"兄妹两人异口同声地问道。

"我们觉得留在阿尔戈山庄看来是不太现实了。"

"怎么叫'不太现实'？"

科文德女士双手捏了一把丈夫的肩膀，然后微笑着对两个孩子说道："所以我们想要回伦敦生活。"

第五章

牛顿家

瑞克·班纳一大早便醒来了，他的妈妈在和他打过招呼之后便匆匆赶往动物医院去帮助仅剩的几位伤病了。随后，男孩骑上形影不离的那辆自行车便向着萨顿山崖的反方向走去。

当他路过"丝绒之手"的厂房时，看见前一天他们使用过的那辆奥古斯塔 MV 系列摩托车就停在原来的那个屋檐下，边上有一条比特犬警惕地守护着。

"他们胆子可真够大的。"瑞克心里想着，同时继续踩着脚蹬。

他记得很清楚驾驶那辆摩托的感觉，那种加速感，那种声浪，以及茉莉娅环抱在他腰间的双手。这种体验真是太美妙了，尽管昨天后来阿尔戈山庄发生了火灾，而且鲍文医生也不幸死亡了……

想到这些时，男孩不禁打了个冷战。

医生最后摔下了那座深渊之桥，瑞克仿佛还能听见医生开枪的声音，看见沃尼克手中雨伞喷出的火焰，以及鲍文那难以置信的表情，同时步步后退，并被热气球的绳子给缠住了脚，然后掉了下去。

被黑暗吞噬。

"太遗憾了，真是一个可怕的结局。"

瑞克摇了摇头，让自己不再去纠结于这件事情，毕竟这对于眼下的状况毫无帮助，现在他们得赶紧想办法找到珀涅罗珀和尤利西斯·摩尔并将他们带回家，这次一定要将两人都找回来。

他思前想后，觉得有必要去见一见彼得·德多路士，并告诉他关于热气球的事情，然后委托他重新再做一个以便于再去一次幻影迷宫。

但是，在去 18 世纪的威尼斯之前，他还有一些事情要做：去给一匹马喂食，然后去和一个人打声招呼。

他沿着通向小镇之外的上坡路骑行了一段之后，来到了灯塔所在的那个山岬，并停在了马厩边，在喂过了雅利安之后，他注意到伦纳德的小船仍然没有回来，伴随着他和妻子两人离开这里的时间越来越长，人们开始越来越担心，就好像他们两人可以希望彻底摆脱所有的事情一样，仿佛两人打算永远弃基穆尔科夫而去。

不知道当两人得知卡利普索的书店已经被完全冲毁之后会有什么想法……

瑞克又扔了一捆干草给马匹。

"不破不立……"自己的父亲在世的时候经常这样说。

"你知道吗，爸爸？这种说法是不对的。"红发男孩突然自言自语道，紧接着又对自己的这个念头感到十分奇怪。

一阵风吹来，海面上出现了无数个白色的小波浪，山丘上的树木来

回摇曳着。

这是男孩首次对于父亲的话不赞同，说实话这种感觉很不好，男孩感到自己失去了一种保护，就好像从这一刻起他必须用自己的头脑来思考问题而不再是借助别人的经验了。

最后他耸了耸肩，然后回到了自行车的座位上。

"我不需要去毁坏什么东西，然后才能够建立和茉莉娅的感情。"男孩蹬着自行车自言自语说。

到底是什么感情呢？男孩想到这里心跳开始加速，显然这并非骑车所造成的。

在转过一个弯之后，奥利维亚·牛顿的房子突然出现在了瑞克的眼前，男孩禁不住微微一笑，心想：这幢房子的话就对了，应该不破不立，而且最好是新建一幢更漂亮一些的。

眼前的房子又矮又胖，用水泥建造，长得像是一个倒置过来的蛋糕一样，坐落于海边街道旁边，面朝这一小片大海。幸运的是有一株紫茉莉正好长在房子的正面，将其挡住了一大半。

直到前一天为止，这里已经空置了很长的时间，伴随着女主人的去世，她生前积攒下的大笔财富全部留给了自己的父亲——布莱克·沃卡诺，但是沃卡诺说什么都不愿意搬来这里。

"这还真不能怪他。"男孩心想着，来到了大门前。

男孩按了下门铃，然后等着有人来开门，但是无人应答。

他大声喊了几下，这才看到窗边露出安妮塔·布鲁姆微笑的脸庞。

"我没有听见门铃声！"黑发女孩回答说。

"对了，"瑞克这才想了起来，"镇上还没电！"

安妮塔赶紧出来手动开启了栅栏门锁，然后两个孩子一同将栅栏门

移到了一边。

"有什么新闻吗？"女孩问道。

瑞克摇了摇头。

他将自行车平放在地上，然后从车把上取下了父亲的那块手表，跟着安妮塔沿着旋转楼梯来到了二楼。

奥利维亚·牛顿的家里完全是一个宽敞的开放空间，两扇巨大的落地玻璃让人在屋内能够直接面对大海，整个装修透出一种未来风，给人一种身处在一个巨大冰箱里的感觉。

"你的爸爸呢？"红发男孩四处张望着问道。

"他在楼下。"

"你们和家里取得联系了吗？"

安妮塔点了点头，并示意瑞克可以坐在一个现代感十足的沙发上。

"我马上就要走了。"男孩回答说，"托马索和我准备去一趟威尼斯。"

女孩满脸疑惑地看着他。

"不是你生活的那个威尼斯。"瑞克解释说。

"啊？"

"我们需要彼得的帮助。"

安妮塔闭上双眼，在洗了一个热水澡，美美地吃了一顿饭并且睡了一觉之后，女孩的精力恢复了大半，但是她并不打算再次参与到时光之门的旅行中去。

"我想我可能没办法陪你们一起去了……"她说道，仿佛在拒绝一个邀请一样。

"我来这里不是为了这件事情的。"瑞克立刻说道，"我知道你们准备离开了，所以过来向你道别。"

确实如此：在和妈妈通了电话之后，安妮塔和布鲁姆先生弄了辆汽

车，准备前往伦敦和家人团聚。

"你还会回来的，对吗？"

安妮塔微笑着说："这点你放心，我绝对不会把托马索丢在这里，他的父母着急坏了，今天我们终于联系上了他们，我的爸爸费了九牛二虎之力才让他们相信他们的儿子一切都好。"

"我会好好照顾他的。"

接着两人都不开口了，但是有几个问题似乎仍然悬而未决。

最后还是安妮塔率先打破僵局。"你看到杰森了吗？"在问完之后女孩的脸一下子红了。

"没有，不过我刚和他通过电话，听说他被罚关禁闭了。"

"可以理解，那小镇上的人们对于最近发生的事情有什么看法吗？"女孩立刻转换了话题。

"这个嘛，我妈妈说没人明白鲍文医生怎么会和阿尔戈山庄的火灾扯上关系，特别是医生现在人在哪里，听说今天他们已经展开了搜索，当然最后肯定会不了了之……"

安妮塔回想起了前一天可怕的那一幕，叹了口气，然后起身，来到了一扇落地玻璃前。"你觉得还有别人……知道关于时光之门的事情吗？"她看着窗外的大海问道。

"你是问还有没有别的坏人？"瑞克摇了摇头回答说，"不会的，我想应该不会有别的坏人知道这件事了。"

但事实上他自己也不是很确定。

第六章

烛光中的忏悔

"真是太糟糕了……"菲尼克斯神父双手背在身后,在神坛之前踱步。

这位基穆尔科夫的神父此时并非一个人:在他的面前是一把他花了两英镑从波多贝罗路的市场里买来的长凳,上面坐着布莱克·沃卡诺。

当火车站前站长一屁股坐上去时,这把椅子发出了咯吱咯吱的声响,而神父的第一反应是想要马上让他站起来,不过最后他还是憋住了没有说出口。

事实上神父和布莱克之间总是在一些事情的看法上产生分歧,所以他当然不愿意聊一个无谓的话题。特别是现在,他们还有更多更重要的事情要商量。

"鲍文太太怎么样了？"布莱克用他一贯直接的语气问道。

神父停下了脚步，转头望向布莱克，眼神里充满了担心，"她还没有醒过来，至少还没有完全清醒，就这样躺在床上，呼吸困难，幸好鲍文医生一直以来都是一个非常细心的人，他留下了一份清单，上面列明了他妻子需要服用的药品名称和用法。"

"药品？"布莱克有些奇怪地问道。就在几天前，孩子们刚在基穆尔科夫的药店里找到了一些非常特殊的药品混迹在普通药物之中，那些应该是来自虚幻旅行地的药物，同时有着神奇的效果。

"都是一些普通的药品……"菲尼克斯神父如同看穿了布莱克的想法一样回答道，"除了一剂安眠药，不知道鲍文太太是因为身体需要而睡觉的，还是因为她的丈夫希望行动自由而刻意让她睡觉的。"

"肯定是后者，"布莱克·沃卡诺开玩笑道，"鲍文在离开这里之前有太多敏感的事情需要处理，如果他的妻子一直处于睡着的状态的话，他就不需要去向妻子解释了。"

神父重重地点了点头。"那么……你觉得应该怎么做呢？"他问道。

"将她弄醒，然后告诉她所有的事情，说不定他的妻子能够给我们一些有用的消息，也许我们就能够找到珀涅罗珀的藏身之处了。"布莱克顿了顿，然后说，"有人通知他的女儿了吗？"

菲尼克斯神父摇了摇头说："还没有，至少我没有说过，我甚至连他女儿在哪里都不知道。"

"在伦敦。"火车站前站长回忆说，"这事最好还是由我们去通知比较好，不要让镇上的其他人捷足先登。"

"现在镇上已经开始有流言传开了。"菲尼克斯神父点了点头，"这事瞒不了太久。"

"这是当然。"布莱克回答说，他身下的椅子不停地发出咯吱声，"鲍

文医生不见了踪影，而他的汽车被发现在失火的阿尔戈山庄里，我想仅凭这些线索就足以让很多人产生疑问。"

"事情还不止于此，因为那天上山灭火的人中还有卡斯托雷和博鲁奇。"

布莱克·沃卡诺忧心忡忡地摇了摇头，卡斯托雷和博鲁奇是基穆尔科夫仅有的两位警察的外号，但是长期以来人们一直这么叫他们。

虽然这两人推理办案总是不太靠谱，不过最好还是不要给他们机会提出太多的问题。

火车站前站长答应尽快前往医生的地下室清理一下，至少得赶在那两个警察察觉什么之前，可千万不能让他们发现医生的笔记或是其他什么东西。

"鲍文……他到底是怎么知道的？"布莱克自言自语道，"说起来真是丢人，他近些年来一直偷偷监视着我们的一举一动，并且在我们毫不知情的情况下使用了时光之门，而且，看上去似乎主钥匙也在他的手上……"

"而现在，主钥匙终于落入地底深处的黑暗之中，我希望你们能够打消下去寻找主钥匙的念头。"

布莱克·沃卡诺笑了笑说："这话你得等伦纳德回来之后说……"

"这些事情该告一段落了。"菲尼克斯神父说道，"鲍文就像压垮骆驼的最后一根稻草，现在已经不好收场了，你们得找到合理的解释来说明所有的事情。"

布莱克有些不耐烦地叹了口气说："你想要一个合理的解释？我可以这样说，鲍文医生接到了一个电话，因此赶往阿尔戈山庄，正巧碰到了一伙匪徒打算放火烧掉山庄，双方在搏斗的过程中，英勇的医生不幸掉进了海里。"

"那最后那伙匪徒怎么样了呢？"神父问道。

"跑了。"

"跑去了哪里？"

布莱克·沃卡诺抬起头："跑回海里去了？"

"你是说这伙匪徒是从海上来的？"

"是啊，他们是一伙海盗，这样行吗？"

菲尼克斯神父有些难以置信地看着他，说："布莱克，我们现在可是身处 21 世纪，哪里还有什么海盗？"

"这是你自己认为的！"火车站前站长反驳道，"他们经常会在令人意想不到的时刻从地狱之火中走出来。"

这时基穆尔科夫的神父突然伸出手来制止了他，"请注意你的措辞，布莱克，我得提醒你这里可是一个神圣的地方。"

"对了，"另一人毫不在意地说道，"我们还得办一次葬礼，和之前的一样：只有仪式，没有尸体。"

"你是说就和班纳以及摩尔夫妇那时一样？"菲尼克斯神父无奈地摇了摇头，"就先按照你说的去做吧，到时候基穆尔科夫的墓地里埋的都是空棺材了。"

听到这句话布莱克忍不住大笑起来，然后他起身走向了出口。

但是，神父在他的身后又问了一句："你们现在正在找他吗？"

火车站前站长停下了脚步，"是的。"他回答说。

"你们知道他去哪里了吗？"菲尼克斯神父将灯举到了布莱克的面前，然后说道，"很抱歉我没法帮助你们，这里还有许多人需要我的帮助。兽医是目前镇上唯一一个懂得医药知识的人，而且还有许多房子被水泡着……"

"我并没有来求你的帮忙，菲尼克斯，我只是希望你知道整件事情以防万一。"布莱克·沃卡诺回过头来说道，"而且，我想我应该不是第一个来找你……忏悔的，对吗？"

 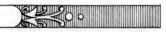

　　菲尼克斯神父盯着他看了许久，然后微笑着将一些物品放进了一个柜子里。"他没有来找过我，"他说道，"他和珀涅罗珀都没有来过。"

　　"你确定？"

　　"确定！"

　　布莱克深深吸了一口气说："真是奇怪，因为她在笔记中写到在最后离开之前曾经来过你这里。"

　　这时菲尼克斯神父停下了手中正在做的事情，直勾勾地看着火车站前站长的眼睛。"布莱克，"他镇定地说，"我知道你可能已经四处打听过了，但是我并没有任何需要隐瞒的事情。人们有时候会胡言乱语，有时候会来找我忏悔，而他们找我忏悔的时候能够得到最重要的一点保障就是：我会恪守秘密。"

　　"没错。"

　　"无论他们和我说过些什么，我都不会告诉别人。"神父不理会布莱克的话语继续说道，"但是我可以很肯定地告诉你珀涅罗珀和我谈到的事情和别人是没有关系的，那只是一次她和我之间的对话，珀涅罗珀和神父。"

　　布莱克·沃卡诺疑惑地看了一眼教堂的内部，隐约可以见到一些正在祈祷的人影，整个建筑里点着上百支蜡烛，那些在大水中没有遭受损失的人们都赶来这里感谢上帝了。

　　火车站前站长没有再说什么，耸了耸肩，便转身离开了。

第七章

统治者的监狱

内斯特躲在树后，盯着统治者的建筑看了许久，那是一幢浅色的城堡，上下两层，位于一棵巨大棕榈树的后面，四周长满了各种植物。城堡正门前的那片草地十分平整，在左侧有一条小路径直通向水井，四周有一圈矮墙的残骸，中间是一扇生锈的铁门。

据内斯特所知，这座城堡并不真正属于任何统治者。

建筑的里面有许多小房间，是原本这块区域海盗们居住的地方。

而真正的监狱其实就是这座孤岛：这里远离城市文明，从 19 世纪中叶就被人从地图上抹去了，除了几位虚幻旅行者之外，这座海洋中间的无人岛早已被人们遗忘，而内斯特能够找到这里也完全是机缘巧合。这座岛屿连名字都没有，但这些都不重要，你可以像马来西亚海盗们一

样叫它"梦布拉奇"或者叫它"神秘岛"，就和凡尔纳笔下的尼摩船长的老巢一样。

伦纳德曾经猜测说这座岛会不会是全球候鸟的中转栖息地，同样有些关于这座岛屿的传说也提到了这一点。事实上，在这座岛上确实有上千种飞鸟筑巢和栖息，它们在此稍作停留，然后再次出发，从北向南，从东向西，对于鸟儿来说，这里是一个必经之地，当然，对于内斯特来说，这些都不重要。

对于他来说，唯一重要的一点就是从这座岛上根本没有方法离开，也就是说这里只能来，不能走，是一座完美的天然监狱。

尽管内斯特一直有种被监视着的感觉，他还是决定离开藏身之处，并走近城堡那扇打开着的黑色大门，在进入之前，他大声喊道："珀涅罗珀！是我！"

一阵风吹过，将棕榈树吹得哗哗作响，几只海鸥呼叫着飞过他的头顶。

老者又喊了几声，然后向内探头张望。

里面是一幅荒凉的景象：破碎的陈旧布条，一部分已经烧毁的非洲部落风格家具……看上去这里就像经历了一场台风一样。

内斯特走了进去，城堡里的地上铺着几十条不同的条纹地毯，老者一个房间一个房间地转过来。

他经过的最后一个房间看上去似乎才住过人不久，房间的墙壁被漆成了白色，角落里放着一个积满灰尘的椰子垫子，而在中间的小桌子上，放着几个椰壳做成的碗。

内斯特抬起头，看见墙上刻着一份长长的日历。

所有的日期用点来表示，月份用线条来表示，而年份则用叉来表示。

一共是十二个叉。

内斯特咽了口唾沫，感到有些难以呼吸，他走了出来，然后重新穿

过所有的房间，第一间，第二间……这时，他胸口一紧，后悔不该如此冲动来到这座岛上。

当他最终来到门口的时候，突然注意到在他的正上方的门梁上刻着一些字，刚才他进来时没有看到：我会来找你的。

不知是出于什么原因，内斯特觉得这是写给他看的。

他向后退了两步，靠在墙上，一脚踩碎了一个古老的手工制造的杯子。

然后他再次听见了那个声音，这已经是第三次了，这回内斯特不再怀疑有人正藏在某处监视着他。

但是这并没有让他感到害怕，相反，他乘坐墨提斯号来到这里的目的正在于此。

他躲到了门后，倾听着外面的动静，那个声音应该是从建筑外传来的，然后老者向着城堡四周的草丛里扫了一眼，期望能够找到些许可疑的动静，尽管他的视力早已经大不如从前了。

最后，阿尔戈山庄的老园丁放弃了寻找，一瘸一拐地走到了门外，然后竭尽全力喊道："我听见你的声音了，我知道你在这里！"

但是周围没有任何回应。

"是我：尤利西斯！"他继续喊道，"你很清楚我为什么来这里！"

一阵风吹过棕榈树丛。

天空中的海鸥继续鸣叫着。

"我是来找珀涅罗珀的！"无助的等待让内斯特几乎抓狂，"她和你在一起吗？你有没有对她做了什么？"

仍然没有任何回应。

内斯特又向前走了几步，来到了开阔地，转身面对着城堡。

"你想要怎样才愿意出来呢？"老者举起双手喊道，"你看！我没有带任何武器！"

说着他将背包扔了出去。"现在我身上什么都没有了。"

内斯特很清楚这就是一场赌博，同时他也明白此时此刻任何耍小聪明的行为都是不明智的。

"对于我们之前所做的事情我感到很遗憾，真的！你想要报仇吗？我明白，那既然如此的话你就先出来！我在这里等你！"

接着，内斯特又向前走了几步，来到了太阳底下，阳光有些灰蒙蒙的，并不十分暖和，老者就站在那里，在他的四周，海水携带着淤泥拍打着礁石，海鸟穿梭在棕榈树之间，夹杂着沙子的风吹在他的脸上。

突然……他看到了灌木丛中发出了一些动静。

终于……内斯特心想，他最大的敌人终于要现身了。

老者几乎能够听见自己那加速的心跳声，距离上次两人的交手已经过去了十二年，整整十二年，内斯特和他的朋友们将他带到了这个岛上，然后关闭了唯一的出口——时光之门。

对于这些事情他依然记得十分清楚，同时他也知道对方也许是这个世界上唯一一个能够告诉他珀涅罗珀去向的人。

一只手出现在了树叶之间。

"总算……"内斯特有些激动地自言自语。

一个人影从树丛中闪了出来，就在距离老园丁不到十步的地方。

内斯特抬了抬眉毛。"你……到底是谁？"他有些疑惑地问道。

"我？"在他面前的小男孩回答说，"我……我叫弗林特，请您相信我，我也不知道来这里干什么。"

第八章

顺风车

安装着黑色玻璃的宽敞车辆总是能够让人联想到黑帮影片，车子仪表盘下面的储物箱打开之后，里面存放着一些文件。

在黑漆漆的车库里，安妮塔坐在副驾驶的位子上，将文件放在膝盖上一份份地检查。

很快她就找到了车辆的行驶证以及保险，并将其放好。"很好！"她自言自语道，"看上去一切正常。"

当然，对于她的审美来说，这辆车实在是太大太豪华了，真皮座椅，门上镶着一条银边，座位边上有一排按钮，用来调节座椅靠背、座位和头靠。

女孩迅速看了一眼其他文件：几张纪念卡，几份餐厅的折页，一份

晚宴的邀请函，一本卷起来的健身杂志，一份加油日志以及一张健身房VIP的传单。

安妮塔在房子客厅里墙上挂着的大幅照片上看见过了奥利维亚·牛顿，从第一印象上来说，主人的形象与储物箱里放置的东西十分吻合，除此之外，女孩还在衣柜里见到了女主人的衣服，在娱乐室里见到了一些健身器具，在浴室里见到了巨大的水按摩浴缸，所有的一切仿佛主人随时都会回来一样。

安妮塔和她的爸爸没有动过房间里的任何东西，他们仅仅使用了卧室睡觉以及厨房和卫生间。在征得布莱克的同意之后，两人决定借用这辆黑色的豪车几天。

只是为了去一趟伦敦，接上布鲁姆太太，然后再赶回基穆尔科夫。

"我好想看看当你见到这个地方时的表情……"安妮塔自言自语说。

当她准备将所有东西放回原位的时候，一个白色信封从健身杂志中掉了出来。

安妮塔捡起了信封，是一家搬家公司寄给奥利维亚·牛顿的，上面写着：

霍默搬家

让您安心

格雷斯因路 9B

WC1X8WB，伦敦

女孩注意到信封是打开着的。

她用手指拨开了封口处，看到里面放着至少两张纸，一张长条形的，而另一张像是普通的信纸。

"这样是错误的……"

女孩就这样将信封拿在手上来回摆弄着，然后想起好像在哪里听到过这家公司的名字。既然这封信是寄给奥利维亚的，也许最好将它交给布莱克·沃卡诺来处理。

当然，如果火车站前站长见到信封是打开的，一定会认为女孩已经看过里面的内容了，既然是这样的话……

"这种事情要是换成杰森的话早就干了。"女孩仍然显得有些过意不去。

她看了看四周，车库里黑漆漆的，一片寂静，她的爸爸正在家里忙着自己的事。

"哦，我到底在担心些什么，不就是很快地看上一眼吗？"

女孩双手颤抖着打开信封，从里面取出了那张长条形的纸张，目瞪口呆地看着上面的内容：这是一张五十万英镑的银行支票，下面签署着奥利维亚·牛顿的名字。

当她平静下来之后，女孩取出了另一张纸，读了起来：

尊敬的牛顿小姐：

我很遗憾地通知您我们将您预支给我们的支票退还给您，并且终止关于 F.L. 的谈判，正如我已经事先告诉您的那样，目前我们并没有这方面的打算。

当然，如果之后我们的想法改变的话，我向您保证，您将成为购买人名单上的优先者。

此致！

祝好！

弗兰克·F.霍默

安妮塔重新看了一遍纸张上的文字内容，然后摸了摸自己的额头，这里所提到的谈判到底是什么呢？

"F.L.，"她重复道，"关于 F.L. 的谈判。"

正在这时，女孩听到了从车库外面传来了一些声音，于是她赶紧关上了储物箱，然后走了出来。

室外刺眼的阳光照得她不得不眯起眼睛，几秒之内几乎看不清任何东西。

"安妮塔？"

"小姐？"

当女孩终于缓过劲来的时候，这才注意到是剪刀兄弟正站在奥利维亚·牛顿家的栅栏门外。

"你怎么样了？"

"一切都好吗？"

女孩伸手将头发拨到耳后，然后开始寻找栅栏门的开关，随即她意识到整个小镇上现在都没有电，因此只能过去手动打开大门。

"你们怎么会在这里？"她问两位燃烧者俱乐部成员道。

剪刀兄弟两人看起来有些尴尬。

"我们听说……你们打算离开了。"

"好像是……准备回伦敦了。"

安妮塔摸了摸自己的额头，他们是怎么知道的？自己只告诉了瑞克，而瑞克可能会告诉托马索或者布莱克，或者是布莱克……

"是的，"女孩觉得似乎没有必要深究下去，"我们准备出发了。"

"哦，这真是太棒了！"黄毛惊呼道。

"是呀，这样真好……"卷毛附和说。

安妮塔看了一眼两人的身后问道："就你们俩人？"

"你是说沃尼克吗？"黄毛显得越发尴尬了，"是这样的，老板现在还在小镇上，而我们……正好出来……逛一圈。"

"你到底会不会说话……"

说实话两人看上去有些疲惫，衣衫不整，就好像刚刚经历了一场长跑一样，而鞋底也有些脱落了。

"我们来这里顺便还想问一下……嗯，总之，是这样的……你们能不能载我们一程。"

"我们急着要回一趟伦敦，因为我们把车留在了机场……如果我们不能及时取回的话，恐怕停车费要比我们的车子还贵了。"

"而且我们得回去一次总部。"

"看看那里的情况如何，并汇报一下情况。"

安妮塔微笑一下。"你们的老板怎么说？"她用尽量严肃的语调问道。

"哦，他啊……我想他应该不会和我们一起去。"黄毛回答说。

"更确切点说，也许他已经不想再做我们的老板了，"卷毛补充道，"他觉得非常喜欢这里，想要留在这里继续写作。"

"这可真是奇怪啊，不是吗？他用了一生的精力来摧毁别人写的东西，到头来却只想要一支笔、一沓纸和一张面向大海的书桌。"

"而对于你们来说，我敢打赌你们一定非常怀念城市的空气……"安妮塔半开玩笑地说道。

"你知道有句话是怎么说的吗，"卷毛回答说，"乡村的空气清新因为农民们都喜欢关着窗户睡觉，而城市……"

"等等……"黄毛立刻打断他说，"这是埃兹拉·庞德说的吗？"

"是欧仁·伊内斯克！"卷毛得意地纠正同伴说，"言归正传，是这样的，安妮塔，我们想念城市的生活了，想念那里的自动洗衣店，那里有些脏兮兮的报纸，每天地铁里熙熙攘攘的人群和路上的嘈杂声……"

"还有我们在弗洛格诺巷俱乐部里的漫画！"

"弗洛格诺巷……"安妮塔喃喃自语道，突然脑海中灵光闪现，"对了，原来是这样！这就是关于 F.L. 的谈判！"

两位燃烧者俱乐部成员相互交换了一下疑惑的眼神。

"奥利维亚·牛顿想要买下摩尔家族位于伦敦的房子！"女孩继续说道，"你们觉得这是为什么呢？"

"我……不知道。"黄毛回答说。

"奥利维亚是谁？"卷毛问道。

不过安妮塔已经兴奋地跑了进去，然后上了楼："你们在这里等我五分钟，我去叫一下爸爸，然后我们一起出发！但是你们得答应我让我看参观一下那个位于弗洛格诺巷的俱乐部！我觉得那里一定会是一个很有趣的地方！"

在女孩子消失在了玻璃门后时，卷毛看着黄毛平静地说道："我想我们找到回去的办法了。"

黄毛回答说："感谢上帝，终于能够回家了。"

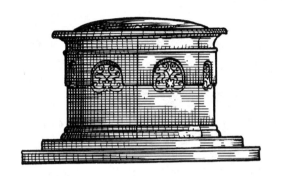

第九章

水上之城

和往常一样，一旦来到了这座城市，总有一种让人说不出的激动。

距离瑞克上次来威尼斯已经过去了很久，但是那段经历对于男孩来说仍然历历在目：正是在那次冒险中男孩鼓足了勇气亲吻了茱莉娅。

而对于托马索来说，他几天前在躲避燃烧者俱乐部成员追杀的时候刚来过这里，尽管在他看来，这里与他生活的那个威尼斯差别不大，但是他也同样感到兴奋不已，毕竟对他来说，来到这里有一种回家的感觉。

在出发之前，两人相约在猫头鹰路的十字路口见面，然后一起步行前往镜屋，在进入房子之后，负责看守彼得·德多路士家的那只白色大猫头鹰似乎显得十分生气，因为托马索带来的那个小家伙不停又好奇地

嗅着它。

　　接着他们穿过了时光之门，最终来到了 18 世纪的威尼斯中心地带——友爱之街。

　　两人四下张望，并没有发现任何异常的状况，彼得·德多路士的机械船就停泊在不远处，但是当小美洲狮看见水的时候，它似乎显得十分不乐意，开始呼哧起来。

　　"也许这样你就可以有充分的理由将它留在陆地上了。"瑞克登上船之后开玩笑说，同时在脚下寻找着控制按钮。机械船是通过一个精巧的踏板来操纵的，这很符合基穆尔科夫那位天才钟表匠的风格。

　　托马索也上了船，而那头美洲狮则沿着陆地跑着跟在船的后面，直到经过一座桥的时候，小狮子一个发力，直接跳进了男孩的怀里。

　　"没办法！"男孩叹了口气说，"看来这个小家伙觉得他的一生就是为了折磨我而来的！"

　　两人沿着河流慢慢驶向圣·玛丽娜广场，因为阿尔伯托和罗瑟拉·卡勒的住所就在那里。目前来说，那里是唯一有可能找到彼得·德多路士消息的地方，因为，在珀涅罗珀家族的房子里有着一个秘密房间，里面放着一台印刷机，彼得时而会去那里使用这台机器。

　　两人经过阿曼迪河时，看见两侧建筑的拱形窗户外挂着各色各样的大旗帜。"你知道吗？"托马索这时开口说道，"相较于两百年前的威尼斯，今天这里除了海水更绿一些更混浊一些之外，并没有太大的改变。"

　　瑞克笑了笑，并没有直接回答。

　　两人最后将船停靠在了一个码头边上的木桩上，然后步行进入一个小巷子，经过了几座小桥之后，一阵热面包和食物的香味扑鼻而来，男孩们并没有停下脚步，而是拐弯走进了另一个小胡同……

在转了几个弯之后，瑞克示意托马索放慢脚步。"我们到了。"他说。

但是在卡勒家所在的小巷尽头已经有一些不速之客等待着他们了。

"等一下！"红发男孩急忙喊道，"我们赶快回去！"

两人沿着原路返回，然后将机械船藏到了一艘大型货船的后面。

"发生什么了？"托马索有些担心地问道。

瑞克并没有立刻回答，而是先下了机械船，迅速将其拴好，然后步行沿着河边的小道来到一幢楼房的后面探头张望。

他猜测得没错：在卡勒家的门口有一些令人感到不安的人物不停地转悠着，他们身穿着灰色的长袍，头上戴着黑色的帽子以及一顶鸟喙的面具。

"是道奇的秘密保镖。"瑞克一眼就认出了这些老对手。

托马索这时才来到了边上，肩上站着一头小狮子，同样探头向里张望，然后转过身来对着同伴说："我想我可以混进去，"他指了指自己的背包，"我这里有他们的服装！"

他指的是自己几天前从燃烧者成员那里偷来的面具和斗篷。

瑞克仔细想了想这个提议。"这样做太危险了。"他最后说道。

托马索看上去有些失望，尽管他自己也很清楚小伙伴说的是有道理的。

两人在原地观察了一会儿，然后看见有几名保镖从大门里搬着一台巨大的机器出来，并将其扔进了河里。看来彼得的印刷机被人给发现了。

目前来说还是趁早离开这里为妙。

两人沿着原路来到了机械船那里，心里都感到不是滋味，同时也不知道应该何去何从。

就这样无所斩获地回到基穆尔科夫是肯定令人不快的，但是又没有任何可以和彼得取得联系的方法。两人就这样漫无目的地在河上行驶着，沉浸在自己的思绪里，却没有注意到身后水流的异动，而唯一注意到这些的那头小美洲狮则激动地站在船尾上呼呼喘气，几度差点

掉落到河里。

"我好像有了一个办法!"这时托马索说道,他想起了在尤利西斯·摩尔的书里曾经提到过一位年迈的商人,名字好像是叫扎冯,他主要销售笔记本,似乎认识尤利西斯、伦纳德以及其他的人。

"你知道去哪里找他吗?"瑞克问道。

托马索确定地点了点头。"应该在造船厂那一带。"他回答说。

两人将船停在了船厂附近并上了陆,开始寻找扎冯的商店,但是由于孩子们并没有一个具体的地址,因此他们只能够进行地毯式的搜索,在走过了几条巷子之后,他们来到了一个传统的威尼斯小广场上,就是那种围绕着一口伊斯特拉时代的石井而预留出来的一小片空地。

到达这里之后,那头小美洲狮突然开始大声呼吸起来,面对着石井,显得十分害怕。

"你怎么了,小家伙?"托马索疑惑地看着小狮子。

"它应该是看到了什么不喜欢的东西。"瑞克走近石井想要查看一下。

在井口的部位安装着一个木质的架子,上面雕刻着一些狮子作为装饰,井口被金属的铁栏给封住了,透过铁栏能够看到里面的淡水,大约在井口以下的几米处。

总之,并没有什么特别奇怪的东西。

两个孩子耸了耸肩,然后准备出发去下一个巷子。

"看那里!"突然,托马索喊了起来。

他看到了一条又窄又潮的小巷子,入口处竖着一块牌子,上面写着:扎冯杂货铺。

两人兴奋地走了进去,却没有注意到在他们身后的那口井里,慢慢伸出了一个潜望镜,四下张望……

第十章

维罗纳的屋顶

" 我们走吧。"在布鲁姆女士离开之后,译者立刻对睡不醒的弗莱德说,他通过监视器目睹着女士整个离开的过程,然后又盯着监视器好几分钟,看着屏幕上的街道景象。

确认没有任何人。

不过,为了安全起见,最好还是从后门离开。

"我们这是去什么地方?"弗莱德笨手笨脚地站起身来问道。

"我带你回家,"译者回答说,"现在既然鲍文已经暴露了,那么你也就没有必要再留在这里了。"

"太好了!我正好想吃查帕家的面包了!"基穆尔科夫的人口登记处员工显得十分高兴,但是很快他又沮丧了起来,"现在回去之后不知

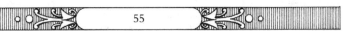

道前面堆积了多少工作要做！我们需要多久才能够回去？"

译者摇了摇头，显然他并不知道该怎么回答这个问题。

他突然开始感到有些紧张了，虽说艾克和其他的燃烧者成员应该已经不再是威胁，但是他对于这个时候出门还是有些不太放心，还是感觉到有人在跟踪着他，并且会想方设法阻止他继续翻译尤利西斯·摩尔的日记，特别是现在他已经译完了所有的日记。

他沿着那放满书本的走廊缓缓走着，来到了一本书前，打开，然后又合上，自言自语道："真是浪费了如此丰富的想象力啊！"

弗莱德疑惑地看着他。

译者笑着叹了口气，说道："不管怎么说，我们得先离开这里，而且不能用传统的方法，因为我觉得那样会更安全些。"

睡不醒的弗莱德摇了摇头说："我不明白你在说什么。"

"你愿意跟我一起来吗？"

弗莱德眨了眨眼睛。

"对不起，"译者笑着说，"这只不过是我的说话方式而已，因为我就是做这行的。"然后他拍了拍手，"快点！我们得赶紧逃离这里了，我所说的逃离，真的就是逃离的意思，就和电影里的一样。"

"和电影里一样？"

"没错！"

"难道我们不能就……简单地乘坐电梯吗？"睡不醒的弗莱德似乎也开始焦躁起来。

译者意味深长地笑了笑，然后来到门边，从衣钩上取下了一件风衣套上，然后穿上了一双运动鞋，一只配着黑色鞋带，一只配着白色鞋带，并背上了一个结实的背包。"我已经准备就绪了。"他说道，"不过我建议你穿上一件能够防水的衣服。"

"可是外面是晴天啊！"

"相信我！"

译者走进了一个房间，过了一会儿之后，手里拿着一件风衣走了出来。"把这个穿上，我们上楼吧。"

"下楼吧，你是要说？"

"不，不，是上楼。"

译者打开家门，顺着楼梯向下望去。"很好，"他说道，"现在请跟我来，快点。"

两人沿着公寓楼的楼梯向上走去。

"我们这是去哪里？"睡不醒的弗莱德步履蹒跚地爬着楼。

"你有恐高症吗？"

"没有，不过……"

"那就好。"

译者伸手在背包里掏着什么，然后取出了一根细绳，绳子的一端有一个奇怪的钩爪。

然后当他来到了旋转楼梯的顶楼时，他按了按门铃，随即取出了一串钥匙，打开了一间房子的房门。"幸好老人们都不在。"

睡不醒的弗莱德嘴里嘀咕着紧随其后。

两人找到了房间里的楼梯，然后走了上去，来到了一处阳台，在这里能够看到整座城市里密密麻麻的房子屋顶，空气中弥漫着野草的香味。

译者灵活地跨过一小截种满花朵的矮墙，一只手紧紧抓住刚刚取出的绳子一端，说道："这比你想象的要简单，相信我，这根绳子是很神奇的。"

接着，他将钩爪抛向街道对面最近的房顶。

"搞定。"

"什么搞定？"睡不醒的弗莱德似乎有一种不祥的预感。

"你跟着我做……"译者将绳子穿在了皮带上，"你看一下在我给你的风衣上有两个搭扣，相信我，这就像一种小朋友的游戏一样简单，准确点说，就像是一个屋顶精灵的游戏一样简单！"

"你所说的屋顶精灵又是什么人物呢？"

"是一个中世纪的组织，"译者平静地解释说，就好像这是一件再正常不过的事情而已，"它仅仅存在于尤利西斯·摩尔的第五册日记里（译者注：原文是第五册，中译本是第六册），现在，如果你不介意的话，我们可以出发去基穆尔科夫了。"

译者（姓名不详）

居住地：维罗纳

特点：关于他，人们所知甚少，只知道他看上去大约三十岁的样子，同时破译了尤利西斯·摩尔的日记，而这又给他自己带来了不少的麻烦……

第十一章

不期而遇

"弗林特？"内斯特简直有些怀疑自己的耳朵，"你是说你就是基穆尔科夫弗林特兄弟中的一个？"

"是的，先生，准确点说，我是年纪最大的那个。"（译者注：此处原文如此，但是结合上下文，应该是年龄最小的那个。）

老园丁向后退了一步，问道："那你能够告诉我你来这里干什么吗？"

"正如我刚才说的，我也不知道，我的意思是说……我知道，但是……我宁愿什么都不知道！"

小弗林特面色苍白，被吓坏了，显然他不清楚接下来该何去何从。

内斯特皱起眉头，紧紧盯着眼前的这位小朋友，这明显不在他的预想之内。

在老者锐利的目光注视之下，小男孩不得不承认说："当时我正在您的家里！鲍文医生让我们放火烧掉所有的东西……而我刚开始照做，然后……"

内斯特扬了扬眉毛。

"是这样的……然后有什么地方好像不太对劲……而且当时我很害怕，"男孩紧张地搓着双手，"接着，我记得好像开始下雨了，我赶紧就跑开了……而我的两个弟弟，把所有的脏活都留给我来做，那两个叛徒！我想着见到他们的时候要好好骂他们一顿，但是……"小弗林特停顿了一下，两眼看着自己的鞋尖，"是的，总之我觉得整件事情都是错误的，然后我又想到了鲍文医生，想到了他冲进山庄时的那张脸，我想知道他会不会对茱……别人有什么不利……"

男孩抬头瞄了一眼老园丁，看到老者直直地盯着他，似乎想要将他从这个世界上抹掉一样，便立刻再次低下了头，继续说道："于是我就回到了山庄，但是那里空无一人，就好像所有人都凭空消失了一样……

"当镇上的人们开车过来的时候，我还在楼上。我当时吓坏了：要是被发现的话，他们会把所有的过错都怪到我的头上！于是我就找了个地方躲了起来……直到……您的出现。"

内斯特感到了一阵晕眩。"你的意思是说……你是跟着我过来的，小东西？"老者低声吼道，"跟着我……穿过了时光之门？"

小弗林特摊开双手辩解道："您是说那扇布满划痕的黑色木门？是的……当时您背着背包，然后用那些钥匙打开了门……我以为可能是一条秘密通道！就想着能够偷偷溜出去……"

"你以为……"内斯特的嘴唇颤抖着，他当时过于专注于自己的事情，以至于都没有发现有人跟踪，他深吸了一口气，然后用可怕的口吻说道："现在你知道会发生什么吗？"

"你会杀了我吗？"男孩轻轻地问道。

"你说什么傻话呀，你这个笨蛋！你现在给我立刻回去，从你来的那扇门回去……赶紧给我消失！"

"我试过了！门打不开！"

内斯特睁大双眼，"什么叫……门打不开？你别告诉我说你把那块石头给挪走了！"

"什么石头？"

"那块石头！没错！就是我放在那里用来挡住门不让它关上的那块该死的石头！"

"啊？"小弗林特回答了一句。

"别告诉我说你把门给关上了！"

"事实上……我想是这样的！"

内斯特一下子瘫坐在了地上，感到自己几乎透不过气来，"难以置信。"

"这不是我的错！我出来的时候被绊了一下！而且……怎么会有关上之后再也打不开的门呢？"

老者看着他，一言不发。小弗林特知道此时此刻最好什么都不要再说了。于是他坐在了沙地上，静静地看着远方的海平面。

在沉寂了很长一段时间之后，老园丁缓缓说道："那扇门是我们唯一一个离开这个该死的地方的方法，把门关上之后，也就意味着我们将会被永远地困在这里。"

"可是……"

"永远……"内斯特简单地重复了一遍。

小弗林特疑惑地看着他，他似乎完全没有明白眼前的这个老头在说

些什么。"对不起，难道没有一条可以步行回到镇上的路吗？"他问道，"这里距离基穆尔科夫有多远？步行一个小时？大不了两个小时吧？"

听到这些话之后，内斯特禁不住冷冷地笑着说："哦，是啊，当然！在我这辈子认识的所有小朋友当中，相信我，你是最让人吃惊的那个！"

接着老园丁费力地站起身来，离开了原地，至少这样，他能够暂时克制住自己想要在那个小鬼身上狠狠踹上一脚的冲动。

"冷静，内斯特，冷静下来。"他心想，"一定有办法再次打开那扇门的。"

但是事实上这不现实，不然的话这里也不可能成为一座完美的监狱。

失望之余，内斯特再次转向坐在地上的小弗林特。"嘿，小鬼！"他没好气地喊道，"你在跟踪我来到这里之后有见到过什么人或是听见过什么奇怪的声音吗？"

小弗林特似乎感觉到了些许希望，赶紧回答道："除了鸟之外……没有，我想是这样的，先生。"

"什么都没有？你确定？没有什么可疑的声音，或者树丛中奇怪的影子？"

小男孩集中精神仔细回想了一下，最后还是摇了摇头，"没有，除了您之外，我没有看见任何人也没有听见任何可疑的声音。"

内斯特摸了摸自己的胡子，然后警惕地看了看四周。

如果说在这座岛上除了自己和这个小鬼之外没有其他人的话，也就是说……

难道他已经死了？

或者是离开了这里？

我会来找你的，这是那人在门沿上留给他的消息。

内斯特立刻转身走进建筑之中，再次检查各个房间，而小弗林特则

紧跟在他的身后。在老者问了他一些奇怪的问题之后，小男孩现在可不想一个人留在外面。

"先生？请问这些是真的钻石吗？"男孩瞪大了眼睛问道，他看到在地上到处散落着各种珠宝，看上去像是……真的。

内斯特瞥了他一眼，然后冷冷地回答道："是的。"

"您是说真的吗？这里怎么会有钻……"小弗林特突然停了下来，然后问道，"那些难道是……金币？真的是金子做的金币吗？"

老者尽力不去理会小鬼的大呼小叫，而那头，小鬼已经开始往自己的口袋里塞各种金银珠宝。"我们之前找到了加勒比海盗的宝藏……"老者淡定地说道。

"您说什么？"小弗林特仍然自顾自地拿着宝藏。

"算了。"内斯特自言自语地说着走向了出口。

"嘿！您去哪里？"

"我去找他。"

"找谁？"

"去找你口袋里那些东西的主人。"

小弗林特一路小跑着跟在内斯特的身后，各种珠宝不断从口袋里掉出来。"您能够告诉我我们现在在什么地方吗？这里离开基穆尔科夫有多远？"

内斯特有些讽刺地笑了一笑，然后停下了脚步，指着四周的棕榈树和大海说道："你想知道我们在哪里？好的，我这就满足你的好奇心：我们现在身处在一个海盗的老巢里，而这个地方相对于基穆尔科夫来说位于世界的另一头，相隔大约几万英里吧。"

听到这些话后，男孩手里的宝藏掉了一地。

"海盗？"他问道，"您是说……海盗，真正的海盗吗？"

内斯特用双手按住自己的太阳穴使劲揉了几下。"甚至更糟。"他低着头说道。

"等等！您不能丢下我不管！我还有很多珠宝没有拿呢！"

不过老园丁已经不再听他说话，而是沿着一条小路走向海滩。小弗林特紧随其后，步态有些别扭，只为了能够不再让那些珠宝掉出来。

"那您为什么会来这里呢？"

内斯特并没有回答，而是继续向前走。

"您能够告诉我我们这是去哪里吗？"小男孩仍然不停地问道，"先生！"

内斯特停在了一棵棕榈树边，靠在树干上休息一下。"听着，小鬼，我最讨厌的有两样东西，第一个就是小孩子，第二个就是问题太多的小孩子，明白了吗？"

"您认为您的朋友在海滩吗？"小弗林特像根本没有听到内斯特刚才的话一样，着急地问道。

"那不是我的朋友。"

"他会不会造一个木筏？"

老园丁叹了口气，有些绝望地说："他没有工具，没办法锯木头，也没法用钉子来固定……"

"也许他会用建筑里的珠宝来作为工具，比如用钻石来切割！就和鲁滨孙的书里写的那样！卡利普索曾经送给过我一本书，但是我没有看过。"小弗林特噘着嘴说道，"不过我知道这本书讲述的就是一个男人在一座荒岛上求生的故事，对吗？"

内斯特点了点头。

小男孩四下里看了一圈，问道："我们也在同一座岛上吗？"

"你可以这么假设。"老者看着他回答说："只不过留在这座岛上的

那个男人要坏很多。"

两人来到沙滩之后，很快就发现了人为的痕迹：火堆的残留，堆积的石头和木材，放有宝藏的容器。

内斯特看了一眼，用脚拨了几下火堆的残留物，说道："他已经有好几个月没有生活在这里了，也许有几年了。"

接着他看到在不远处有一座小屋子，便走了过去。

小弗林特叮叮当当地一屁股坐在了沙地上。"我简直无法相信我竟然有如此富有的一天，更无法相信竟然会这样被困在一座荒岛上！"

在他的头上，有不少海鸟正在盘旋着。

内斯特拨开棕榈树叶做成的门帘，俯身进入了小屋子里，并看到了一些奇怪的物品：一把用金块做成的锤子，一把头部镶嵌着宝石的起子，几根金色的钉子、木楔子，一个类似于水平仪一样的东西，一把木头直尺，以及一些绑起来的羽毛。"看来那个小鬼说得有点道理。"内斯特心想。

另外，他还看到了一些用西班牙银刀切下的树皮，被浸泡在瓷器花瓶里并被捣碎轧平，用来制作最原始的纸浆，在屋子的四周挂着一些树皮纸的卷轴，上面留下了一些截面、木榫和图示。这是图纸！内斯特拿起了几张对着阳光看到。

他想要造什么？是竹筏吗？

在地下，老者见到了用地毯上拆下来的纤维重新捻搓而成的绳子，搭配上木板之后便成了绳梯。

梯子……这是用来向上还是向下的呢？

除了这个之外，地上还有十来个椰子壳，里面盛满了早已经干透了的黏糊糊的白色物质。

内斯特随手捡了一样东西，插进去然后拿起来嗅了嗅：是蜡。尽管在岛上他并没有见到过一只蜜蜂。在拨开表面的积灰之后，他看到了在

蜡的中间还有几根像是灯芯一样的东西。显然这些椰子壳就是手工制作的照明灯。也就是说，他已经制作了绳梯、蜡和蜡烛……那么用这些东西他是如何离开这座荒岛的呢？

老者显得有些烦恼，他离开了那幢发明家小屋，尝试着让自己平静一些。

"他已经走了！"老者一边自言自语，一边感到内心深处慢慢涌现出的阵阵凉意，他走过撒着木屑、断绳和银器的沙滩，望向大海。

海面一望无际，如同吞没了整个世界一样。

海浪沿着整条海岸线拍打着沙滩，在距离他一百米左右的地方，老者看到一排礁石，而就在那里的下面，水流湍急，暗藏漩涡，所以说，如果没有一艘真正的船只的话，是很难从这里离开的。

难道说他真的用这里仅有的工具造了一艘船？他是怎么做到的，凭借仅有的一些珠宝和餐具？

与此同时，小弗林特正在清点着他口袋里的战利品，并将其分门别类地摆放到一起。突然，他好像想起了什么，抬起头问道："那些海盗后来怎么样了？"

"大部分都被抓了。"内斯特望着海浪平静地回答道，"有些人直接就战死了，这真是一个恩怨分明的时代，因为你可以直接手刃你的敌人！但是他是一个真正的魔鬼，他有着一艘十分结实且快速的船只。"

"船只？"

"赛博号，他们是这么叫它的，但是现在这艘船已经不在了。"内斯特淡定地说道，"十二年前，我们把它给弄沉了。"

"弄沉了？为什么？"

"说来话长，不过这也是这艘船的主人一定恨死我的原因。"

两人都沉默不语了，内斯特闭上双眼，回想起年轻时和小伙伴们畅

游七大洋的冒险经历。

小弗林特转向岛内问道："这是死的吗？"

"你说的是什么？"

"那里的火山，是死火山吗？"

内斯特回想起了那幅岛上冒着黑烟的画面。"不是。"他低声回答说，"那座不是死火山。"

小弗林特开着玩笑说："看来住在这里真是需要相当的勇气啊，边上就是一座活火山，要是哪一天它突然苏醒的话……"

这时内斯特的双眼突然放光，"对了，火山！会不会……"

他并不多说，直接一瘸一拐地沿着小路向上走去。

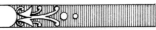

第十二章
蛛丝马迹

行人下午时分抵达了伦敦，绵绵细雨标志着他们已经进入了这座大城市，看上去雨在今天是不会停下了。在费了一番周折之后，安妮塔说服了布鲁姆先生给自己预留几个小时的自由时间，让爸爸独自一人先回家等候妈妈的消息。

女孩则陪着剪刀兄弟一起去机场取他们的那辆跑车，在经历了一番讨价还价之后，三人终于驾驶着车辆离开了停车场，直奔位于弗洛格诺巷的燃烧者俱乐部。

安妮塔窝在阿斯顿·马丁那狭窄的后座里，脑海里思绪万千。

女孩将她在奥利维亚车里找到的那个信封夹在了莫里斯·莫洛的笔记本里随身带着，同时一路上她几次打开笔记本，想看看有没有人会出

现其中，不过无论是沃尼克还是茱莉娅，甚至连最后之人都没有在笔记本里出现过。

当剪刀兄弟的车子渐渐慢下来的时候，安妮塔一下子就认出来了她曾经见过一次的那幢维多利亚式的建筑：深色的路沿，最外面有一扇黑色的栅栏门，里面是一条直通房屋的小径，在三格灰色的阶梯之上是屋子的大门。

"和往常一样……"卷毛叹了口气，"现在是最麻烦的时刻了。"

"怎么说？"女孩隐隐有些担心地问道。

"停车问题。"黄毛解释说。

车辆缓缓向前行驶，渐渐远离燃烧者俱乐部的屋子，两侧矗立着不少豪宅，而道路两侧则停满了车子。

"每次都是这样。"卷毛嘴里抱怨着说。

在大约十分钟之后，他们终于在两辆豪车之间找到了一小块空地，凭借着毫米级的停车技术，车辆总算是停进去了。

兄弟两人从车辆的后备箱里取出了两把喷火伞，并将其中一把交给了安妮塔。

三人就这样一言不发地沿着路沿走着。

来到了目的地之后，兄弟两人推开栅栏门，走了进去，然后按了下门铃，而安妮塔则好奇地看了一眼挂在门边上的一块吊牌，上面画着一个男人嘴里叼着一根被闪电点燃的雪茄。

"总算……"

"你根本无法想象我现在心里有多高兴……"

两人再次用力按了几次门铃，直到那扇灰色的门打开。

"请问……"里面传来了俱乐部管家那沉稳的声音。

剪刀兄弟立刻给了他一个熊抱。

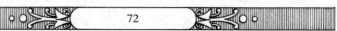

"皮雷斯！"

"见到你真是太好了！"

不过管家的余光一下子就瞥到了安妮塔，他竖起了左手的食指说道："先生们，我得提醒你们一下，俱乐部里只允许男士进入。"

"哦，不用担心，皮雷斯，这位小姐是和我们一起来的！一切都没有问题。"

"这是沃尼克本人的指示。"黄毛说道，"来吧，安妮塔，请进！"

听到这些话之后，管家侧身让女孩进入俱乐部。

古老而干净的木地板在女孩的脚下发出吱吱的响声。女孩的面前是一条狭窄的过道，天花板上吊着一盏漂亮的水晶灯，通道的另一侧是通向二楼的楼梯，在上楼并打开一扇门之后，女孩进入一个铺着豪华格子地毯的房间。

整个二楼原来都属于虚幻旅行者俱乐部，而现在都属于燃烧者俱乐部，整层楼一共有四个房间，墙壁由一块块隔板组成，房间里放着许多圆形的小桌子，以及多个一模一样的单人沙发，另外随处可见摊开的书本，但是没有人在阅读。

剪刀兄弟绕开小圆桌走了几步，四下环顾，问道："今天没有人吗，皮雷斯？"

管家清了清嗓子。"事实上本来应该是不应该有人的，"他指了指身后坐在第二个房间里的一个人低声说道，"但是……"

"这位是……"卷毛一下子并没有认出那人来。

"从帽子来看应该是一位女士。"黄毛说道。

皮雷斯微微鞠了个躬说："事实上，我已经尽力阻止她不让她进来了，但是……她比我更厉害。"

"请不要让我们做些为难的事情，皮雷斯……"

"快点告诉我们，她到底是谁。"

与此同时，安妮塔则饶有兴致地看着一块写有俱乐部行动原则的铜牌，以及挂在墙上的各种奖状及照片：在"化简为繁"一栏下面挂着"粉碎者"的照片，他曾经因为促成了世界上各种手机都使用不同的充电器而获奖，在他的边上，挂着燃烧者托马斯先生的照片，被归类在了"扼杀新生事物"一栏下面，照片上的托马斯先生全身打满了石膏，站在一辆依靠身体重量来控制的平衡车上，边上的报道上写着：体积小，无污染，无噪声，难道这就是新一代的交通工具？而在边上的"毁掉美景"一栏下面，则出现了设计师藤崎和安德森的名字，同时配上了一张照片，照片上是一座毫无亮点的玻璃和钢筋混凝土建筑矗立在一个美丽的沙滩之上。

"真是一帮麻烦人物……"安妮塔一边看着，一边心想。

但是她很快停下了脚步，在她的身后传来了一声夸张而又失望的喊声。

"终于……"

那位坐在第二个房间里头戴帽子的女士终于起身，伴随着她的动作，她那身完美剪裁的灰色西服，显得格外引人注目。

女士身材高挑，毫无赘肉，她踏着如同一位军官一样的步伐走向众人，然后开口问道："玛拉留斯在哪里？"

"您说什么？"卷毛问道。

女士锐利的眼神很快在他的身上扫了一遍。

"我的天哪！看看你们的穿着！这里难道不是一家高级豪华会所俱乐部吗？"

安妮塔看了一眼这位女士，她一身服装和配饰加起来少说值好几千欧元，脖子上戴着耀眼的宝石，手中的小包是市中心名牌店里的限量版

稀有货。

不过最让女孩感到印象深刻的却是这位女士由内而外散发出来的冰冷性格以及那种表面的虚伪。

"就是这个味道！你们身上这股难闻的雪茄味！"女士从卷毛身边来到了黄毛的身边，"真是让人受不了！"

安妮塔注意到黄毛手上紧紧握着那把喷火伞，就好像随时都准备使用一样。

"我们刚从一个任务回来。"黄毛解释说，一副"她根本不知道我是谁"的口吻。

"啊，是吗？又是一个无聊的任务吧……"

"您可以告诉我们您到底想要怎样吗，女士？"卷毛很快从吃惊中恢复过来问道。

"小姐！"那个女人纠正道，"请叫我薇薇安·沃尼克小姐！我来这里的主要原因是因为我有紧急的事情要找我的弟弟玛拉留斯·沃尼克。"

剪刀兄弟两人交换了一个复杂的眼神，混合着好奇、吃惊和困惑。

"啊。"两人的嘴里只蹦出了这一个字。

安妮塔微微一笑，踮起脚，偷偷向后退去，眼前的这个情况她还是回避最好，肯定不会有什么好事发生。

她来到了一处结实的书柜边，上面分为了三个区域，分别是"需要销毁的书本""需要禁售的书本"和"可以无视的书本"。女孩拉了拉门，发现书柜是被锁上的，在边上同样被锁上的还有"危险人物名单"。

无奈之下，她前往另两个房间：当她见到墙上挂着的各种动物标本时，不禁感到有些恶心，而除了这些之外，房间里还陈列着一些其他的奖状和奖杯，以及一张标准的台球桌，桌子上的台球无序地散开着。

女孩好奇地走近一幅椭圆形的相片，上面两人看上去像一对夫妻，

不过名字已经模糊不清，难以辨认了。

透过两扇面向院子的窗户，她可以看到整个院子的情况，院子十分大，里面用鹅卵石铺出了几条小路，同时还点缀着一些已经有些泛黄的雕像，在院子的一侧有一个花圃，院子的中间是一个喷泉，而另外一边还有一口水井，上面用已经生锈的铁网盖了起来。

不过，整体上看来，这个院子可以说是一片荒凉了：大部分树木和植被都已经枯萎，有些甚至被烧成了黑炭，在最近的几尊雕像上固定着避雷针，同样，在草地上也随处可见成片被火烧过的痕迹，地上到处都是掉落的树叶和发黑的纸片。

"他们管这里叫灰烬庄园……"一个声音在她的身后响起。

安妮塔被吓了一跳，立刻转过身来：原来是管家皮雷斯先生，他靠近的时候竟然一点声音都没有。

"很抱歉吓着您了。"他十分不好意思地说。

这位管家如同是从另一个时代穿越而来的，而且，如果真的仔细思考的话，这种可能性也不是没有。

女孩笑了笑回答说："没关系的。"

两人就这样一起看着窗外的院子里，一言不发，时不时地还能够听见薇薇安·沃尼克那焦躁的声音。

"从我能够记得的时间算起，它就一直叫这个名字……真是有些讽刺呢。"皮雷斯有些苦涩地说道，"但是有一点可以确定，就是这里原本不是这样的。"

安妮塔抬起头来看着他问道："你是说……当这里还属于虚幻旅行者的时候？"

这次换成管家看着女孩了，他一副欲言又止的样子，嘴唇微颤。"您是怎么知道的？"最后他问道。

安妮塔伸手擦了擦玻璃上的雾气，说道："我知道这幢房子曾经是属于摩尔家族的。"

"相信我，小姐，"皮雷斯吸了口气，一脸向往的表情，"那真是一段美好的时光！院子里经常能够看到一些尊贵而有礼貌的人物在那里交谈着。"

"您见到过他们吗？"

"哦，是的！当时我还是一个孩子，刚来这里工作，我的父亲觉得读书没什么用，在我还不到十岁的时候就把我送来这里了。"

"在属于虚幻旅行者俱乐部的那段时间里这里是怎么样的？"

"那可真是太不一样了，"皮雷斯微笑着说，"要我说的话当时这里可是上档次多了，不过从另一个角度来看的话，我又算得了什么呢？根本没有资格在这里指手画脚，我只是一个端茶送水、为人开门的角色，偶尔在有钱的时候负责安排一下大扫除。"

"那您会不会带着客人去参观院子呢？"安妮塔笑着问道。

皮雷斯微微鞠了个躬，说道："我很乐意效劳，不过您可能会需要一把伞。"

"也许我应该去大门口拿一下的……不过那样一来的话那个坐在那里的老巫婆就有可能看到我，所以我想我还是宁愿淋些雨吧！"

"很英明的决定。"

皮雷斯带着安妮塔走进了灰烬庄园里。

"这里怎么会变成现在这样的？"安妮塔问道。

"那些先生们在这里做了许多实验，"管家有些不甘地说道，"一般都是和火有关的。"

他指了指一堵墙，上面缠着许多电线和铜圈，同时用石灰粉做上了各种标记，墙面上坑坑洼洼的，显然经历了不少次的爆炸实验。

"他们怎么能这样做！"女孩有些生气地说道。

"这里是一座私人庄园，所以庄园的主人在这里想怎样做都可以，至少霍默先生是这么对他们说的……"

安妮塔一下子竖起了耳朵，问道："霍默先生？是那家霍默搬家公司的老板吗？"

"是的，小姐。"皮雷斯有些吃惊地回答道，"他是这个庄园的主人，同时也是俱乐部的资助人，那些人正是在他的默许之下才得以做这些事情的。"

"可是他为什么要这样做呢？"

"这个您不应该问我，我只是一个管家而已。"

两人慢慢步行到了一个喷泉边上。

"那这位霍默先生到底是个怎样的人呢？"安妮塔继续问道，看上去这位管家先生似乎挺健谈的。

"他总是戴着一顶美式棒球帽，"皮雷斯说道，仿佛这一个细节就足以说明一切似的，"而且有五个儿子：阿斯科特，布莱顿，科顿，达文波特，埃弗顿和……一个小女儿，叫芬娜丽，看上去他是不惜一切代价都想要一个女儿的。"

"五个儿子，"安妮塔心想，"而且伦敦还有这么大一幢房子留给了燃烧者俱乐部，并且拒绝卖给一个像奥利维亚·牛顿这样的客人，很显然，这位霍默先生不差钱。"

当她将这个想法说给管家听希望得到求证的时候，管家却摇着头说："哦，完全不是这样的，能够得到这幢房子完全得归功于他的父亲，老霍默先生，是他父亲当时用很少的钱就得到了原来俱乐部的大量财产。"

"是真的吗？"安妮塔问道。

"要我说来这可真是一件丑闻，当时马库里·马肯·摩尔先生将二

楼所有的东西扔掉时，就是霍默一家，是他们把所有的家具，珍贵书籍以及各种稀世珍宝都放到了自己的卡车上。"

安妮塔摇了摇头说："看来这很糟糕啊！"

"完全没错，后来马库里将军唯一女儿的丈夫约翰曾经尝试过想要回这些东西：他请了伦敦最好的律师，并搭上了全部家当用来支付律师费，但是摩尔将军完全没有帮忙的意思，他想将约翰赶出自己的家族，这真是一件很奇怪的事情，因为通常情况下如果自己的独生女儿求情的话，老人总是会网开一面……在我看来，这就是军人的思维了，他是一位将军，而一位将军一旦做了决定是绝对不会轻易改变的，不管求情的人是谁。"皮雷斯用脚在鹅卵石上摩擦了几下。

"就这样，所有的东西……都被他们拿走了？"

"所有的东西！"皮雷斯声音微颤着说。

"那些东西后来怎么样了？原来俱乐部里的宝物现在还能看得到吗？"

管家笑了笑。蒙蒙细雨中再次传来了薇薇安的声音。"那完全是一次意外！"她喊道。

两人并未加以理会，管家继续说道："请原谅我的恶意揣测，小姐，不过我想大部分东西应该已经被他们卖掉了，这些钱被他们用来扩大霍默搬家公司的业务了。老霍默先生和他的儿子都是非常精明的商人，不过再下一代嘛……什么安德鲁、布莱顿，还有他那漂亮的女朋友……他们就像其他的富家子弟一样。"

皮雷斯叹了口气，"不管怎么说，像摩尔家族这样的绅士时代已经结束了，那也没什么办法。我一直希望现在的年轻一代能够再次来取回原本属于他们的房子……不过我听说他好像没有孩子，而且就在不久之前在他海边的房子里去世了。所以我觉得我的想法只不过是一个老管家美好的愿望罢了。您知道吗？我的一生都在为贵族绅士们服务，不过现在

这些绅士们也渐渐在改变了，而我也不再像以前那样热爱我的工作了。"

皮雷斯的眼睛里充满了忧郁，安妮塔似乎能够读懂他的想法，于是安慰道："也许您的梦想并非如此脱离现实，也许摩尔家族还有后人在世，也许他们还会回来的。"

"是真的吗？"

"当然是真的，不信您看着，所有的问题都会慢慢解决的。"

"是吗？那这样看来我也能够重拾青春了！"管家开着玩笑说道。

他顺手拨去了一尊雕像上的蜘蛛网。

"您是真的非常喜欢这个家，对吗？"安妮塔对于管家的细心惊叹不已。

皮雷斯微微一笑说："我就是在这里长大的，并且在这里工作了已经五十多年了……说实话，这个家从来都没有让我失望过，反而是我，觉得愧对于它，看着它变成了现在这个样子，因为原本这里不是这样的。"

"真的好想见一见它原本的模样啊……"女孩说。

两人走到了井边，皮雷斯靠着潮湿的井口低声说："如果您答应为我保密的话，我可以告诉您一个秘密，小姐。"

"当然。"

"霍默搬家公司来的时候并没有拿走全部的东西，老皮雷斯偷偷藏下了一部分。"

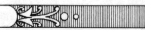

薇薇安·沃尼克

居住地：伦敦

特点：这位玛拉留斯·沃尼克的姐姐有一个巨大的弱点，就是对于高级珠宝和配饰完全没有抵抗力。她身材高挑，但是嗓门儿很尖，声音让人感到厌烦。

第十三章
院子里的杀手

    "这里看上去没有开门……"托马索站在扎冯杂货铺那块有些陈旧的牌子前说道。这家商店并没有橱窗，也就没办法看到里面的样子。

托马索双手搭在门上，轻轻推了推，门打开了一条缝，而男孩立刻闻到了一股怪味，开始不停咳嗽起来，而那头小狮子，原本还探头张望，现在则本能地向后退了一步，躲到了威尼斯男孩的双腿之间。

"进来吧，进来吧……"屋里传出了一个声音，"我们开着呢……"

瑞克看了一眼自己的小伙伴问道："你确定这样真的好吗？"

"先试试……"

这时两人突然听见一声猫叫，同时从门里蹦出来一只硕大的虎斑猫，在两个男孩之间蹭来蹭去，让他们措手不及，差点摔倒。而小狮子

在见到了肥猫之后，便开始在狭窄的巷子里嬉戏追逐起来。

"啊，多可爱的小动物！"屋里的声音说道，这时大门已经打开，可以看到屋里的一位老者有着如同巫师一般的长相，身体像一棵柳树一样弓着，"多可爱的年轻人呀！"

借助着室外的光线，可以看到阴暗的屋子里挂着许多叮叮当当的饰品，各种各样的小商品和卡片陈列在几个破旧的柜子上，空气中弥散着潮湿皮革、香薰和肉豆蔻的混合气味，令人无法忍受。老者就在柜台的后面，而在他的身后竖立着两个硕大的木桶，里面似乎盛满了树皮，泡在水里。

"有什么可以效劳的吗，年轻人？"老商人一边问道，一边迟缓地向前走了几步，他目光锐利，就像能够看穿一切似的，"你们来自哪里？身上穿的服装有些特别啊！"

瑞克闪身到了一边，让托马索来回答老人的问题，同时轻轻对他说："你来说吧，当初是你说要来这里的。"

"这是一个很棒的主意啊！"老人附和着说，看来他的耳朵也非常灵敏，"你们是需要墨水吗，还是卷轴，或者是来自中国的笔记本，当然也有在威尼斯制作的笔记本？"

托马索攥紧拳头，有些紧张地回答说："谢谢您，我们不需要这些，我们来这里是为了找一个朋友的。"

"为什么你们会想到到我老扎冯的店里来找你们的朋友呢？"

"因为也许您会认识他，他的名字叫彼得，彼得·德多路士。"

"彼得·德多路士？"老商人眯起双眼，直起背，想了一会儿，然后说，"不知道，我很抱歉，他应该不是我的客人。"

"他是伦纳德的好朋友，"托马索继续说道，"您也许会认识伦纳德，一个长得很高的男人，眼睛上戴着一个眼罩……"

"在我认识的人当中没有眼睛上戴眼罩的！"扎冯确定地摇着头说。

"那如果是尤利西斯·摩尔呢？您能够想起谁吗？"

老人突然停了下来，顿了几秒，然后走到了有些杂乱无章的商店中间。"啊，孩子们，为什么你们总是喜欢刁难一位眼睛和耳朵都已经不灵敏的老人！"他感叹道，不过先前的各种表现令他的这番话显得不太可信，"你们所说的这些奇怪的名字我都没有听说过，而你们偏偏还要来问我！"

"等等，扎冯先生！"托马索立刻辩解说，"我保证我们并不是来这里和您过不去的！"

不过老人已经来到了两人的面前，伸出长满老茧的双手，将两人推出店外。"哼哼！这就是我给你们这些不懂礼貌的小鬼的回答！"

"那我们可以给他留个口信吗？"托马索大声喊道，"如果您见到彼得的话，请告诉他珀涅罗珀还活着，尤利西斯正在找她，而我们也需要他的帮助！"

"出去吧，小鬼们！"扎冯继续激动地说道，"就是这样，对了，你们这些小鬼！去找别人吧！"

"您记住了吗？伦纳德和尤利西斯已经出发了，珀涅罗珀还活着！"托马索已经被推到了杂货店的门外，但是仍然不停地说道。

"是的是的，记住了记住了！"老商人敷衍地说道，"珀涅罗珀，尤利西斯，还有伦纳德·米纳索！戏弄我这个老人真的很有意思对吧，很有意思！"

当托马索和瑞克的双脚站到小巷子的地上时，老人伸手抓住了门把手，然后说道："告诉你们的那个小动物，让它别再骚扰我的猫了，那是我唯一的亲人！"

"可是，扎冯先……"

嘭！

杂货店的大门被重重地关上了，距离托马索的鼻子只有几厘米的距离。"这算什么嘛！"男孩被吓了一跳，向后退了一步。

然后他看向一直在他身后一言不发的瑞克。

"真是个老疯子！"男孩沮丧地说道，"希望在今天，这家杂货店已经变成一家比萨店了！"

"看上去他不像一个疯子……"瑞克调整了一下自己背包的位置，说道，"更多的像被什么东西吓到了似的……"

门的另一边仍然能够听见扎冯正在摆弄着锁啊、链条啊之类的东西，就像希望把门关得越严实越好一样。

"可是他到底在害怕些什么呢？"托马索若有所思地问道。

"不管是什么，他让我们明白了他已经知道了我们留下的信息，"瑞克说道，"你注意到他最后的话了吗？珀涅罗珀、尤利西斯和伦纳德·米纳索！很有意思……"

"那又怎么样？"来自威尼斯的男孩并没有明白其中的奥秘。

"你并没有告诉他伦纳德的全名是伦纳德·米纳索啊！"

托马索这才恍然大悟地看着杂货店的大门。"你这个老骗子！"他用力踹了一脚大门，"你明明就认识他的。"

"而且他很可能也认识其他人。"瑞克笑着说，

"你知道吗？也许到这里来并不是一个坏主意，我想扎冯也许想让我们知道他会传达我们的口信的。"

托马索摇了摇头，感到有些疲惫，"我已经不知道该说些什么了。"

说着说着，他的肚子发出了一阵咕噜噜的叫声。

"嗯……不如我们先别想这事了，去吃点东西吧。"瑞克这时也感到自己的肚子饿了。

"这里离圣马可广场不远，"托马索说道，"虽然我不知道这个时代的威尼斯餐厅里是怎么吃饭的，不过我想如果我们沿着这个方向过去的话……应该用不了多久就可以找到卖青口贝或是蛤蜊的地方。"

"那是什么？"

托马索一边带路一边说："跟我来吧，来自康沃尔的朋友，你带我尝了你们那里的英式烤饼，我也要让你尝尝我们这里的蒜香蜗牛、海鱼汤、烤章鱼，还有鱼松！"

大约过了二十分钟，瑞克一手拿着一个纸盒，另一只手取出里面鲜美多汁的蜗牛，沿着河岸边走边吸，托马索走在他的身边，嚼着一大块淋上了洋葱汁和醋的炸沙丁鱼，而那头小狮子则一路欢快地小跑着紧跟在男孩的身后，乞讨着一些鱼的碎块，时不时还要赶走那些敢来夺食的鸽子。

在取回彼得的机械船回基穆尔科夫之前，两个男孩还想再去一个地方看一下：卡波特之家，那里有着通向阿尔戈山庄的时光之门，说不定运气好的话，他们能够得到一些关于彼得或是内斯特的线索呢？

威尼斯的天气很好，阳光普照，在河岸边，人来人往，热闹非凡。圣马可广场所面对的海岸边停泊着许多各种大小的船只，海鸥在空中不停地盘旋着。

瑞克终于停下了嘴，满足地感叹道："这些蜗牛真是太好吃了！"

托马索对于自己手上的沙丁鱼炸鱼块也同样赞不绝口，说实话，放到平时也许他不一定能够吃得那么香，不过在经历了几次冒险之后，再品尝到家乡的食物，能够让他一解思乡之愁，味道也就格外好了。

一想到家乡，男孩就感到特别自责，要不是布鲁姆先生的一通电话给自己家里报了平安，不知道他的父母现在该担心成什么样子。

不过男孩很清楚，在他回家之后，免不了得好好解释一下……

大约几分钟之后，两人跨过了一座桥，便来到了卡波特之家前，令他们感到有些意外的是房子的门并没有关上，两人推开之后走了进去。

里面的景象瑞克仍然记得非常清楚：小小的院子，一幢两层楼的房屋，借助楼梯可以上楼……

"这里没有人住吗？"托马索一边踩着楼梯上楼，一边问道，他的那头小狮子紧紧跟在男孩的身后。

"应该没有吧。喂——喂，有人吗？"瑞克开玩笑道。

两人听到的只有远处的回音。

不一会儿，他们来到了时光之门前，相较于房屋里的其他门，这扇门唯一的区别是……

"关着。"托马索看了看说道，也就是说，内斯特并没有从这里出来。

两人四下张望，虽然他们自己也不清楚在找些什么，在确认了没有任何线索之后，他们开始沿着楼梯向下走去。不过小狮子则在边上咕咕直叫，就好像在抱怨说："怎么回事？我那么费劲地才上来，你们就要下去了？"

突然，瑞克停下了脚步。

"怎么了？"托马索问道。

红发男孩赶紧挥了挥手，然后指了指院子的方向。

小狮子的鼻子里发出呼哧呼哧的声音。

"啊！"托马索惊呼道。

在院子里站着一个人，一袭长袍完全挡住了他的身材，他有着一头栗色的头发，脸色苍白，如同一位病人一样，戴着一副铁质镜框的圆形眼镜。

"彼得！"瑞克几乎不敢相信自己的双眼，"彼得·德多路士！"

两人迅速跑了下去，而小狮子则不紧不慢地跟在身后慢慢走下楼梯。而彼得则从长袍里伸出了右手，手里还拿着一把珍珠色的手枪。

"请站住！"基穆尔科夫的钟表匠向后退了一步命令说。

"是我！基穆尔科夫的瑞克·班纳！你不认识我了吗？"

事实上，彼得和瑞克之间并没有真正地认识过，在孩子们第一次来威尼斯的时候，最后时刻发生了火灾，一片混乱。

"不，"彼得回答说，"我不认识你。"

"等等！"红发男孩似乎想起了什么，取下了背包准备打开。

"别乱动！"彼得站在院子的另一侧冷冷地说道，手中的枪一直对着两人。

"不是乱动，你看！"瑞克从背包里取出了父亲的手表，表盘的中央刻着"P.D."的字样，"你认识这只手表吗？原本是你的，后来我的爸爸从你的商店里把它买了下来！"

"把表放进背包里然后扔过来。"彼得·德多路士用枪指了指背包说道。

"你要的话，我给你拿过去……"

"站在那里别动，把背包扔过来。"天才发明家似乎疑心很重，很害怕的样子。

"好吧……"瑞克点了点头，背包在地上翻滚了几圈之后停在了彼得的脚前，"不过，说实话，你完全不用害怕……我们来这里是为了寻求帮助的。"

"什么帮助？"彼得问道。

瑞克努力使自己的语气更有说服力一些，说道："内斯特……我是说尤利西斯一个人走进了阿尔戈山庄的时光之门里去寻找珀涅罗珀，而

我们没有人知道他去了哪里……"

正在这时，卡波特之家的大门被狠狠地撞开了。

一个身穿灰色服装、头戴鸟嘴面具的人出现在了门口。

"终于被我找到了！"他兴奋地喊道，并抽出了一把长长的刀子，刀刃处反射出可怕的寒光。

彼得·德多路士立刻转向托马索和瑞克，喊道："快跑！你们快跑！"

彼得手中的枪发出了沉闷的一声，伴随着一股黑烟。不过那个面具男行动更快，他弯下腰，疾步冲向钟表匠，手起刀落，一刀砍在了彼得的脖子上，钟表匠应声倒地。

"不！"瑞克害怕地尖叫起来。

托马索用手遮住双眼，感到一阵反胃，他竟然目睹了一场凶杀！

彼得·德多路士背部着地，重重地摔在了地上，一动不动，脸色比先前更加苍白。

面具杀手弯腰捡起了瑞克的背包，然后看了孩子们一眼。"这个就当作我的战利品了，先生们！"他冷冷地说道，"记住：该有的报应迟早都是会有的！"

瑞克张大了嘴，双腿直发颤，他摇着头，无法相信目睹的一切。

"彼得！彼得！"他僵硬地重复着钟表匠的名字。

正在这时，那位面具男子迅速离开了屋子，神不知鬼不觉，如同他出现时一样，只留下两个男孩面对着彼得·德多路士的尸体呆若木鸡。

小狮子紧贴着楼梯，弓着背，全身的毛都竖了起来，嘴里发出低沉的吼声。

又过了一会儿之后，瑞克终于迈动了他的腿，如同一个机器人一样僵硬地走向基穆尔科夫的钟表匠。他仍然不敢相信自己的眼睛：一个陌生人就这样突然杀害了彼得·德多路士！

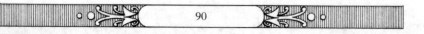

"哦，该死……"托马索连说话的语气都变调了，"我们……现在该怎么办？"

瑞克不知道，他已经不知道该说些什么了，夜色仿佛突然降临在整个世界，威尼斯变成了一个恐怖王国，探险游戏开始慢慢变成了一个悲剧，他感到自己正在一步步踏入一个无法回头的旋涡里。

死了！彼得·德多路士死了！

瑞克又走近了几步，脑子里一直在试图说服自己看到的是真的。这实在是太可怕了，不过接着男孩眨了眨眼睛，有些迷糊。

为什么彼得紧握手枪的手臂仍然抬起着？

还有，为什么彼得在最后的时候，脸上似乎露出了得意的……表情？

男孩惴惴不安地蹲下，伸手去摸钟表匠的尸体。

冷冷的。

冷冷地僵硬着。

突然，彼得转过头来，把瑞克吓得叫了起来。

钟表匠用他那个略带沙哑的声音问道："那个凶手走了吗？"

"死人开口说话啦！"托马索脸色苍白地喊道。

瑞克立刻将手缩了回来，捂住自己的嘴。"彼得？"他轻声问道。

由于距离很近的关系，男孩看到钟表匠的双眼如同……玻璃一般，这是怎么回事？

"凶手到底走了没有？"钟表匠焦急地再次问道。

"是的……"瑞克轻轻地说道，心都快跳到嗓子眼儿了。

男孩好像明白了些什么，他眼前的这个并不是彼得·德多路士本人，或许只是一个钟表匠做出来的机器人而已。

瑞克摇了摇头，对于自己的这个猜测将信将疑。

钟表匠尝试着从地上爬起来，但是一动不动。"我被卡住了，该

死！你来背我，小伙子！"彼得·德多路士的声音从不知道位于哪里的喇叭里传来，"马上离开那里！我现在正在过来的路上，一会儿就在运河上见！"

扎冯

居住地：18 世纪的威尼斯

特点：脸上布满皱纹，眼睛里充满了智慧，经营着一家杂货店，主要售卖本子、墨水和纸张。

第十四章

梅罗利亚河

❝ 我知道这可能有些麻烦，不过我们得从这里下去，伙计……"译者一边打开了一扇地下室的门，然后在前面带路，一边对睡不醒的弗莱德说道。

两人如同杂耍一般地飞檐走壁，离开了市中心的布拉广场，然后又穿过了阿迪杰河边的古堡，最后终于来到了地面上。这一切都得归功于译者的那根一头带着钩爪的弹性绳，他自己称其为"魔法绳"，这是一点都不为过的。

弗莱德疑惑地看着他。"你现在打算带我去哪里？"他一边走进一个黑漆漆的房间，一边问道。

译者转身关上了门，然后从地上的一个矮柜上拿起了一盏煤油灯。

"如果我告诉你的话，恐怕你也不太会相信。"译者回答说，"当心这里的台阶，已经有些磨损了。"

两人沿着又矮又窄的通道向下走了几米，新的阶梯很快便终结了，连接着的是非常古老的阶梯，而通道四周的水泥墙也渐渐变成了 19 世纪的风格，随后是 18 世纪，巴洛克风格，直到最后成为中世纪的模样。

"这里可真潮湿啊！"睡不醒的弗莱德伸手摸了摸地面说道。

译者并没有直接回答，而是举起煤油灯照了照一块镶嵌在一个小格子里的牌子。

"路易吉·哥塔第，"弗莱德念道，"不认识。"

"是吗？"译者从背包里取出了一把铁钥匙，然后打开了一扇巨大的铁门，"好吧，你也不是唯一的一个，尽管这个人非常出众，但是很少有人认识他。"

"这样说来，我和这个人还算是有不少共同点！"

在关上了身后的铁门之后，两人来到了通道的另一侧。

就像在一座古堡里探险一样。

弗莱德突然打了一个喷嚏。

"把自己包严实点。"译者说着将自己的外套拉链给拉上了，"这里开始会有点冷。"

事实上，随着周围的空气越来越潮湿，地道里的温度也是直线下降。四周古老的砖墙缝隙之间时不时会有深色的水滴下来。

"有身份的人一般都不太愿意提及这个地方，"译者解释道，同时脚下并没有放慢脚步，"其中一个原因就是这个地方不太容易打理。"

又走了一段之后，通道开始变得宽敞起来，这里的空间高十米左右，宽二十米左右，有点像地铁的隧道，只不过位于中间的不是铁轨，而是一条河流。

"欢迎来到梅罗利亚河！"译者举起煤油灯宣布说。

两人登上了一艘机动船，在尝试了两次之后发动了起来，并沿着河流向着阿迪杰河的反方向驶去。

弗莱德平静地看着四周。"你们意大利的有些东西可真是让人吃惊！"他平静地说道。

"不过知道的人并不多……"译者有些无奈地回答说。

两人就这样一言不发地沉默了一会儿，在河上漂流了大约十五分钟之后，弗莱德实在忍不住好奇心问道："你能告诉我一下我们这是在去哪里吗？我觉得这条隧道有些……奇怪，它令我想起了另外一条位于基穆尔科夫地下的隧道。"

"从技术上来说，这条隧道可以算得上是一项伟大的工程了。"译者一边驾驶小船一边解释道，"这条隧道建于 14 世纪早期，而建造者就是刚才我们看到的那个热那亚人路易吉·哥塔第，这条地下河流长大约三百公里，贯穿了波河和整个亚平宁山脉，连接着基奥贾和拉斯佩齐亚海湾。"

"你是说这条运河的两端是基奥贾和拉斯佩齐亚？"睡不醒的弗莱德重复了一边这两个名字，"基奥贾和拉斯佩齐亚是什么？"

"是两座位于意大利两侧的城市，分别面对着不同的两片海，而两座城市中间隔着的那片丘陵地带就是亚平宁山脉。"

弗莱德惊奇地吹了吹口哨说："这条运河可真是不可思议！"

"没错，正如我前些日子刚翻译过的一位作者所说的'勇气的尽头就是疯狂'。当时最疯狂的热那亚共和国打算给威尼斯人来一个突然袭击，而这条运河就是他们整个进攻计划的一部分！"

"果然是一个很疯狂的想法！那后来结果怎么样了呢？"

　　"当然，最后这个计划并没有被付诸实行……不过，正如你所见，这条地下通道仍然被保存完好，对于了解它的人来说，这条通道还是可以使用的。"

　　睡不醒的布莱德仔细品味了一下译者的最后一句话。"那你是怎么发现这里的呢？"他问道。

　　译者笑了笑说："我读到过关于它的消息。"

　　"在哪里？"

　　"在一本恩里克·贝托里尼的书里，这位作者通常也被人称为埃米利奥·撒贾利，是意大利最著名的冒险故事作家之一。"

　　"撒贾利……"弗莱德默念了一边这个名字，"我好像在哪里听到过这个名字！"

　　"可能你记错了，因为这位作家几乎从来都没有离开过意大利，尽管他的作品里有许多关于海外著名人物的描写，例如桑德坎和黑海盗的故事，在他的作品里，有许多都曾经提到过这条运河，例如他的《梅罗利亚航海者》里就有关于这里的描写，这本书写了一支探险队在海上冒险的故事。"

　　两人继续在黑暗的隧道里前进着，而译者滔滔不绝地讲述着他读到过的故事。

　　"可是……如果只是一本普通的冒险故事的话……这里的内容完全可能是虚构出来的啊！"弗莱德在听完译者的故事之后说道。

　　"幸好我们真的找到了这里，不是吗？"译者得意地说道，"毕竟有些时候我们也得发挥一下想象力。"

　　"听上去这更像你在玩的文字游戏……"

　　"请坐好了，弗莱德，乘坐小船行驶三百公里可不是开玩笑的，我们至少还有四个小时才能够到达海边。"

　　弗莱德尽力让自己平静下来，不去想刚才所经历的那场不可思议的屋顶和地底逃跑，也不去想到达拉斯佩齐亚的海边之后还有什么事情等待着他们。他只是看着隧道前方那无尽的黑暗，不知道什么时候才能够到达出口。

　　不一会儿工夫，他便人如其名，开始昏昏欲睡了。

第十五章

出口

内斯特和他的那个小跟班用了差不多一个小时才登上了火山。上山的那条小路前半段长满了岛上的茂密植被，而后半段则变成了滑溜溜的一层苔藓铺在了火山岩上。

在两人到达了山顶之后，终于得以见到了整座神秘岛的全貌：这座岛的外形如同一条多宝鱼，呈现出不规则的形状，两边各有一条长约几公里的海滩，而岛的周围被一圈礁石所包围。

相对于他们上山的另一侧，可以看到一座废弃了的古代港口：由一座木桥和沿着沙滩的几座小屋组成。

这些都是海盗时代留下的产物。

"真该死。"内斯特坐在火山口的边上，眼睛看着下面说道。

　　正如许多海洋当中的荒岛一样，这座岛屿也是由于火山爆发而形成的。在凝固之后的火山熔岩层上，海风从陆地上吹来了沙子和植物的种子，于是，经过了多年之后，岛上长满了各种各样的植被。

　　在两人的面前，火山口如同一张张开的大嘴，里面依然能够看到最近一次爆发留下的巨大坑洞。

　　"哇哦！"小弗林特喊道，"原来这就是真正的火山呀！"

　　老者沿着火山口转了一圈，看到在边上的树林里有一片地方明显被大石头压过的痕迹。

　　内斯特在脑海中重现了一下火山爆发时的场景，那块石头一定是在火山爆发时从火山口射出来的，如同一瓶香槟酒的塞子一样，所以才会在火山口里留下了那个坑洞。

　　"嘿！"小弗林特突然对着他喊道，"您想去哪里？快出来！"

　　老园丁正沿着火山口的内侧一瘸一拐地走向坑里。"你就留在这里！"他对着小弗林特说道。

　　"您放心，我绝对不会下去的！"

　　男孩惊恐地看着眼前的这位疯狂的老者慢慢走向位于大约二十米以下的坑洞。

　　"您快点回来吧，拜托了！"当他看到老园丁马上就要抵达火山口的中心时喊道，"您要是有什么三长两短的话，我可救不了您！"

　　不过内斯特可完全没有采纳男孩意见的想法，而是不屈不挠地继续向下。

　　大约几分钟之后，老者来到了坑洞的边上。"史宾西来过这里！"他兴奋地喊道。

　　"那个古里古怪的老头到底在干什么？"小弗林特自言自语道。不过当他看到内斯特从坑洞里拉出了之前在沙滩上见到过的绳梯时，吃惊

得合不拢嘴。

"哦，天哪！"他感叹道，"太让人吃惊了！"

然后，他便不假思索地走进了火山口里。

在火山口里风很大。

和岛上其他地方的风不同，这里的气流里夹杂着一股一氧化碳的味道，速度也更快。估计是地底的热量让空气形成了上升气流，然后沿着火山口的坑洞喷涌出来，并且将坑洞上的石块顶了出去。

这个坑洞的口有多大？十米还是二十米？

小弗林特对于大小的估算可不在行。他踩着滑溜溜的火山岩慢慢向下，一只手在撑到石头上时被划伤了，不过小男孩已经顾不上这些了，他只是祈祷着这座火山千万别在此时此刻苏醒过来。

当他最终来到内斯特的身边时，老园丁仍然蹲在那里往外拉着绳梯。

"您真是疯了，知道吗？"这是小男孩见到老者之后的第一句话。

震耳欲聋的风声令他的双耳嗡嗡作响，男孩感到自己就像在一个巨大的电吹风里一样。

在内斯特的身边已经堆了三十来米的绳梯，而老者仍然没有停下的打算。

不仅如此，老者不知道从哪里还找到了一些奇怪的木架，上面绑着银线。

"这些是什么东西？"男孩问道。

老园丁停下了手上的动作，回答说："他一开始应该是将这个东西扔下去的，不过由于这里太深了，所以他意识到依靠这个是无法到达底部的。"

小弗林特张大了嘴，"底部……这里？"

内斯特费劲地从坑洞口里又拖出了一个象牙色、金色和珍珠色相间

的箱子，箱子上刻着几个字母：BRIGGS。

"因此他后来决定换一种方法……"老者有些焦急地抓着了箱子的把手。

小弗林特挠了挠头，不解地问道："我还是不明白……"

内斯特并没有直接回答，而是将行李箱递给了男孩，箱子很大，而且比想象中要轻不少。

"把这个带出来！"老者说道，"我们需要一个平整一点的地方。"

"平整一点的地方？您想干什么？"

内斯特另外还拿上了那些木架，一开始的时候小弗林特以为是画框之类的东西，现在看清楚之后才发现这些原来是……

小男孩使劲眨了眨眼睛，"不会吧，"他自言自语道，"您不会是……"

"快点，小鬼！要不是我年纪大了，这些事情我早就自己做完了，如果说史宾西能做到的话，那么我也可以。"

内斯特放下木架，休息一下，然后再次拿起。小弗林特有些担心地回头看了一眼。

老园丁手上的那个木架，此时此刻在小弗林特看来更像是一对翅膀一样。

在打开了箱子之后，两人在里面找到了一些用剩下的线，于是他们把两个木架放平，在试了几次之后，终于把它们系在了一起，最后他们把布匹挂到了木架的钩子上，然后仔细端详着这个东西。

小弗林特不再怀疑自己的双眼，他们在做的就是一对翅膀。

"先生……"男孩低声说。

不过内斯特和之前一样，根本不听他说话，而是一心一意专注于检查绑在木架上的布匹是否绷紧牢固，老园丁用了一个多小时检查了所有

的细节。

"您不会告诉我说您真的打算……使用这个吧。"小弗林特说道。

内斯特将翅膀背到了自己的身上，然后右手抓住架子，尝试着扇动翅膀。"这样好像不行……"他摇了摇头说。

小弗林特手摸着自己的额头说："啊，还好……"

内斯特将翅膀重新放在了地上，自言自语道："看上去好像还缺些什么东西。"

"刚才我还以为你打算从火山顶上飞向大海呢！"小男孩说道，"就和那些带着滑翔伞跳下山崖的疯子一样！"

"说什么傻话呢！我可从来没想过从火山顶上跳海。"

小弗林特睁大了双眼问道："那您的意思是？"

男孩害怕地看了看火山中央那个黑漆漆的坑洞，里面仍然冒着热气。"难道您是打算……跳到火山里面去？"

"没错。"

"哦，我的天哪……您真是疯了！"

内斯特转过头来，盯着男孩的双眼说："你好像还没有弄清楚情况，是吗？史宾西就是从那里逃离这座荒岛的……从刚才开始我就一直有这种感觉，就好像他是故意留下这些线索……来让我挑战看看能不能和他做到一样。"

"是啊，是啊，您这样可不就是在跳火坑嘛！"

内斯特耸了耸肩膀，说："不用你告诉我那下面有什么，反正我不管怎么说你都不会相信的。"

"您说得没错，"小弗林特点点头说道，"正如我是无论如何都不敢相信像您这样年纪的人，会带着一对木头翅膀，纵身跳进火山里一样！"

不过内斯特可不这样认为，因为他很清楚在这座神秘岛的地底下，

会和其他的虚幻旅行地一样，有一条深不见底的沟壑，将虚幻旅行地和现实之地分割开来，在此之前，内斯特一直以为那条沟壑是深不见底的，不过杰森和他的小伙伴们，以及更早些时候的珀涅罗珀都发现了在那道沟壑的底部隐藏着一座幻影迷宫。

也就是将所有虚拟之地连接起来的节点。

而这也是唯一一条史宾西从岛上逃离时可能走的道路。

"就像那两个神话里带上蜡做的翅膀飞翔，结果离太阳太近而导致翅膀被融化结果掉进海里的人一样！"小弗林特依然不停地嘀咕着，"就是这样，您也一定不会有好的结果的！"

内斯特突然停顿了一下，"蜡做的翅膀……"

"对了！"他突然喊道，"我明白他是怎样加固翅膀的了！用蜡和鸟的羽毛！就和代达罗斯和伊卡洛斯一样！我刚才怎么会没想到这点呢！"

小弗林特一屁股坐在了地上，后悔地自言自语："啊，为什么我总是那么多嘴呢？"然后他望着内斯特一瘸一拐走向海边的身影喊道："如果您想要让我帮您自杀的话，我劝您还是放弃这个念头吧！"

而老园丁头也不回，已经走在了下坡路上。

"要死你自己去死吧！"小弗林特在他的身后喊道。

然后他坐在地上，环视四周，看着周围灰蒙蒙的海水。

神秘荒岛……

一座只有石头和棕榈树的岛屿，早已从地图上被抹去……

岛屿上没有其他出口，唯一的出路已经无法再打开。

"也许我们可以再讨论一下关于离开这里的方法……"小男孩喃喃自语道。

不过即便如此，他还是无法说服自己。

而老者的身影早已经消失在了树林里，再也无法看到。

　　"嘿，别！等一下！"小弗林特一下子从地上跳了起来，沿着老者离开的那条路一路小跑，"不会吧！难道您真的打算把我一个人扔在这里？等等我！"

　　海鸥在荒岛的上空不停盘旋着，在这座位于世界边缘的石头岛上，正中间的火山如同一个人的瞳孔一般，静静地观察着整片天空。

第十六章
回忆

　　❝像摩尔家族这样历史悠久的人家，结果就这样没落了，真是令人感到遗憾……❞皮雷斯一边沿着旋转楼梯走向地下室，一边说道，"这其中主要还是因为安娜贝尔死得太早的原因，要是她能够更长寿一些的话，情况很可能会不一样，不过现在说这些也都没什么用了。"

　　安妮塔微微一笑。

　　她告诉皮雷斯说已经认识了阿尔戈山庄的新主人——科文德一家，热情的杰森和茉莉娅姐弟，以及尤利西斯·摩尔在生前交给某位译者并出版了故事书的事情。

　　皮雷斯希望女孩能够去藏书室看一看。

　　管家穿梭在如同迷宫一般的地下室里，打开又关上了一扇扇不同的

门，门看上去越来越重，而地下室的景象也如同是沿着时间倒着追溯回去，直到"二战"时的伦敦模样。

当两人穿过一个漆黑的房间时，女孩突然问自己就这样跟着他来到地下室是否有些鲁莽，虽然她的直觉告诉她可以相信眼前的这位管家。

当女孩回过神来的时候，她这才注意到已经身处在院子里那口井的正下方，她甚至都能够听见远处水滴的声音。

"将军的房子，"皮雷斯解释说，"一般总会有一个安全通道，马上就到了，小姐……请再耐心等一下。"

皮雷斯取出了一把钥匙，打开了一扇厚重的防盗门，然后伸手按了一下里面的开关，并侧身让安妮塔进入。

这间地下室并不大，呈八角形的形状，天花板和四周的墙壁上都画着壁画，虽然有些斑驳，不过依然能够看得出画的是蓝色的天空中挂满了无数星星。看上去这个房间像是一个宗教或是中世纪骑士会的会议室。

类似的密室在许多老城市都存在着，而那段历史也让人难以捉摸。

"这是为我自己的退休生活而私藏的一些东西……"皮雷斯苦笑着说。

他在房间里放着几件看上去还算不错的西服，一些红酒，一辆自行车，几双鞋子和一些礼盒。这些东西换做别人的话说不定早就扔掉了，不过他还是小心翼翼地收藏着。

"当心这里！"管家用脚使劲踩了几下地板，"这里中间的地板是铁制的，经常会发生震动。"

安妮塔皱了皱眉头，密室确实非常狭窄，它的八个角通过天花板上的八根横梁连接到房间的中央，并形成了一个拱顶，如同一个微型的哥特式房顶一样。在房间里的每一个角落里都放着一把老式石头椅子，椅背嵌入了墙壁里，每一把椅子上都放着一块牌子，上面积满了灰尘。是

行星的名字，安妮塔注意到，每一把椅子对应一颗行星。

管家搬开了一些杂物，最后在底下找到了两个盒子。

"这就是我所能够救下的所有东西了……"他说道。

他从里面取出了一台古老的木质机器、一幅拼图、一个水晶球、十来个奇怪的护符和一本老相册。安妮塔接过相册，双手颤抖着翻看起来。所有的相片都是在这座屋子里拍摄的，有些在院子里，有些在一楼，还有一些在二楼的房间里。女孩很快认出了尤利西斯·摩尔的外公：在一张照片里他是一个人，而在另一张照片里则是他和夫人在一起，在第三张照片里，他和一位十分年迈，双眼凸出，长得像蜥蜴一样的老妇人在一起。

另外的相片里则是一些身穿西服、头戴草帽的绅士，戴着夸张大帽子，身穿着有些滑稽的条纹睡衣的女士，以及一些关于热气球、飞行员和古董摩托车的内容。安妮塔迅速扫视了一遍相片，一边想着如果皮雷斯同意的话，希望下次有时间能够仔细地好好看一看。相册前几张照片年代最久远，已经开始泛白，安妮塔借助下面的注释，在一张19世纪的照片里找到了亚瑟·柯南·道尔爵士，也就是夏洛克·福尔摩斯的创造者，他也是虚幻旅行者俱乐部的一员，和他在一起的还有著名科幻小说家赫伯特·乔治·威尔斯以及第一架飞机的发明人莱特兄弟。而在一张拍摄于1903年的照片里，法国人儒勒·凡尔纳正和贾科莫·普契尼一起坐在院子里的桌子边。

"天哪，这可都是些大人物呀……"女孩一边自言自语，一边轻轻摸着这些无价的照片。

"这些还只是俱乐部成员的一部分而已……"皮雷斯镇定地说道，"您再看一下这个，也许您会有兴趣。"

在第二个盒子里放着另一些照片和一些书籍。

"当他们从藏书室里拿走所有的东西时，"管家解释说，"落下了一个盒子，我当然就没有再交给那些人。"

一边说着，管家一边将一些名字稀奇古怪的书籍递给女孩：霍华德·刘易斯·孟达尔写的《双簧鱼鹰的驯养与经济价值》；C.亚瑟·皮尔森写的《高尔夫包的自传》；爱德华·J.哈迪神父写的《怎样使婚姻生活更幸福》；沙·赫姆斯特写的《自言自语时该说些什么》*。

突然，安妮塔的身体颤抖了一下。

只见皮雷斯从盒子里又取出了一本著于20世纪初的书本，不知为何，女孩对于封面上的图画感到十分好奇：一个黑衣男子手里拿着一把手枪。

在书的封面上，大大的书名《史宾西船长历险记——灰烬庄园》十分显眼，同时在书本的侧面则写着数字11。

书的作者是一位名字叫作瑟茜·德·布里格斯的女士。安妮塔对于这些内容有种似曾相识的感觉。

她打开书本，快速看了一下里面的插图，很快意识到这并不是自己的错觉，因为在书本的每一幅插画的下面都签上了两个字母"M"——也就是莫里斯·莫洛的缩写。

"您喜欢这本书吗？"皮雷斯微笑着问道，"很巧书的名字和我们院子的名字一样对吧？这也是为什么我决定留下这本书的原因。"

"同一个系列的书还有其他的吗？"

"我看一下。"管家回答说，"好像没有。"

---

* 这里提到的书目都是现有的书籍，如果读者对这类书籍有兴趣的话，可以参考卢瑟·艾仕和布莱恩·莱克所著的《荒诞书籍大全》，由古堡出版社出版。

"不知道书里写了些什么东西。"安妮塔一边自言自语，一边浏览了一下书的内容。

在书本的最后写着一首小诗：

漆黑的船上挂着漆黑的帆，

不停航行在梦想和神奇的港口之间，

往返于不同的大海和时空的朋友们，

命运最终将会带领他们来到恐惧之门前。

"听上去有些可怕。"安妮塔心想。

女孩回过头来，她似乎听见了周围的墙壁传来了一些声音，随后地下室的金属地板开始慢慢震动起来。

"我想这可能是附近的地铁造成的吧……"皮雷斯在她的身边解释道。

不过安妮塔不知为何却不太相信管家的话。

皮雷斯

居住地：伦敦

特点：完美的管家，曾经服务于虚幻旅行者俱乐部，现在服务于燃烧者俱乐部。他对于弗洛格诺巷的这幢房子里的许多秘密都了如指掌，似乎就像从另一个时代穿越过来的一样。

第十七章
蜘蛛潜艇

"我们快走！"瑞克在卡波特之家的院子里大声喊道。

他迅速背起了彼得·德多路士的尸体，然后示意托马索跟着他。

不过威尼斯的男孩仍然没用从刚才的阴影中走出来，他惊惶地看着自己的同伴以及德多路士的尸体，不解地问道："我们现在去哪里？还有，你背着这个干什么？"

"这不是真的尸体，你看！"

瑞克将背上的"尸体"翻转过来，为了让托马索看清楚那只是一个假人而已。

随即两人飞奔着离开了这里，小美洲狮也紧随其后。

当两人出门来到室外之后，借助着阳光，托马索终于得以仔细看了

看彼得·德多路士的替身，其实这是一个用木头骨架配上金属关节，然后用陶瓷和玻璃做成的面孔，并且塞了许多填充物让他看上去更逼真一些的假人。"这太厉害了……"男孩为刚才替身那一幕足以以假乱真的表演而感到由衷的赞叹。

"我们现在该去哪里？"瑞克焦急地看了看四周。

在不远处有几个行人，一个小贩，在河上停泊着几艘船，还有……

"看那里！"托马索一下子惊呼道。

在一群贡多拉游船的边上慢慢浮出一个黑亮的如同龟壳一样的东西，有人打开了顶部的盖子，朝着他们这个方向看过来。

是彼得·德多路士本尊！

"他是从哪里冒出来的？"瑞克感到有些难以置信，然后带着伙伴来到了船码头上。

仔细一看之后，才发现彼得的这艘"船"真的是非常奇葩：像是一艘船与潜艇的混合体，木质的船体被涂上了一层闪闪发光的沥青一样的涂层，上面的一个个的金属螺钉清晰可见，整个船体如同一个贝壳一样的形状，在两侧伸出八条像"脚"一样的东西，船头的地方还有一个玻璃的驾驶舱，就在水平面的下面一点。

"快点！他们用不了多久就会发现我的！"彼得催促道。

"彼得！"瑞克有些激动地招呼道，"我……"

"我们晚些再做自我介绍！"天才发明家打断说，"先把我的替身给我！"

两人将替身扔进了船舱，然后彼得伸手抓住了瑞克的手，将他拉了上来。

咯噔！当男孩的脚刚踏上甲板时，潜艇就发出了一系列声响。

瑞克站在甲板上，松开了彼得的手，指着码头上的托马索说道："他

也得一起上来！"

发明家看了一眼男孩，又看了看船舱的空间，然后点了点头。"好的！"他再次伸出手去，"不过地方可能有点挤！"

咯噔！

在踏上了甲板之后，托马索突然停了下来，看着河岸上喊道："等一下！"

"还有什么事，小伙子？"彼得有些耐不住了。

"我的小狮子，它还在岸上！"

只见到那头狮子幼崽在岸边焦急地来回走动着，时不时用爪子抓着地面，就是不敢踏上浮在水面上的木质码头。

"你先进来吧！"彼得伸手将托马索的头按进了船舱，"来不及了，忘了它吧！"说完，他迅速关上了舱门，在确认了密封之后，发明家让两人别动，然后滑到两人的中间，"系上你们的安全带！"说完之后，他坐到了驾驶舱的金色椅子上，拉动了一些操纵杆，并转动了头上的几个旋钮。

潜艇开始慢慢下沉，孩子们看到河里的水渐渐没过玻璃的驾驶舱，周围变成了墨绿色。

托马索抬头向上，看着河水，有些忧郁地说道："好多垃圾……"

"什么安全带？"瑞克疑惑地四下张望着问。

彼得立刻转过身来，然后摇了摇头。"你说得对，"他说道，"我忘记根本没有装安全带这件事情了，因为从来就没有想过还会有别的乘客上这艘潜艇！那这样吧，你们随便找个什么东西……抓紧吧！"

说完，他继续集中精神驾驶，不再继续旋转头上的按钮，同时将左手边的操纵杆向前推，蜘蛛潜艇的左腿抬了起来，带起了河堤的淤泥，然后向前迈了一步，随即彼得同样将右侧的操纵杆也向前推，然后潜艇

就开始向前移动起来。

瑞克和托马索终于得以仔细看看这艘蜘蛛潜艇的内部了：船舱的主体是用木头和铁制造的，驾驶舱的部分用的是玻璃，整个船舱部分的空间果然很小，刚好能够容得下他们三人，在距离托马索脸只有几厘米的地方有一个风扇，连接着河面上移动着的浮标，并将外界的新鲜空气源源不断地送进来。

蜘蛛潜艇就这样在其创造者的控制下有节奏地一摇一摆向前进，透过湖面，孩子们时不时地能够看到河岸边建筑物在水中摇晃的倒影。

"哇哦！"瑞克惊叹道。

"你也可以喊得更响一些！"托马索在一边附和道。

"嘿，彼得！"红发男孩向前探头问道，"我们现在去哪儿……"

"请保持安静！"正在专心于驾驶的发明家显然无暇顾回答男孩的问题。

瑞克立刻不再打扰来自基穆尔科夫的钟表匠，而是找了一个角落，坐下之后开始欣赏水下的景色。

过了一会儿，在潜艇的前面出现一片木桩林，彼得突然拉动了几个操纵杆，蜘蛛潜艇随即钻了进去，四周的木桩都十分粗壮，表面涂着石灰一样的东西，让它们变得十分坚固，径直插入地底。

与此同时，蜘蛛潜艇将八只脚折了起来，变成夹子，直接夹在木桩上继续前进。

瑞克和托马索面对着四周的景象瞠目结舌："原来威尼斯是这样……建造的啊！"

"是啊，"彼得坐在他那张绣着小花朵的金丝座位上点头说道，"这里是由许多独立地基支撑起的岛屿组合而成的……"

然后他继续将注意力集中在操纵上，并点亮了一盏煤油灯。"现在……嘘！"他对着两个男孩比画道，便不再说话。

当他们经过一幢大楼底下时，突然在耳边传来了一阵说话声和碰杯声，接着一切又归于寂静。

船舱里的风扇已经停止工作，瑞克感到有些透不过气来。整艘潜艇里充斥着金属爪的声音和煤油灯刺鼻的气味。

又过了没多久，蜘蛛潜艇开始上浮，随即出现在一个狭窄的地下空间里，河水到了这里变成了一眼地底泉水，微弱的光线从上面洒下来。

他们身处在一口井的底下。

彼得停下了蜘蛛潜艇，然后从驾驶座上站了起来。

"你还在等什么？快打开啊！"他指着舱门对托马索说道，"里面都快透不过气来了！"

男孩不等他重复，赶紧抓住舱门上面的圆盘，转了两圈，然后打开了沉重的盖子，整个井底回响着金属的碰撞声。

"轻一点！还是说你想让所有人都听到？"

一阵凉爽的风吹了进来。

"快点出来吧，孩子们！我们赶紧离开这里！"

瑞克和托马索出来之后发现地面的积水一直漫到自己的脚踝处，而彼得则背上了自己的替身，然后带着两人走进了一扇位于侧面的小门，在向上盘旋爬了一段楼梯之后，众人来到了一个放满了各种工具和零件的杂物间。

这里就是彼得·德多路士新的工作室。

钟表匠将替身放在了一张桌子上，随即迅速开始拆解起来。"那家伙几乎把我的替身给毁了！"他检查了一遍损毁程度之后说道，"不过这样一来，至少他们以为我已经死了！"

托马索来到窗边，看到了不远处的一幢哥特式建筑，男孩一下子意

识到了现在的位置：就在圣·扎尼波罗教堂后面的布雷萨纳巷里。

瑞克找来了一把椅子，一屁股坐了上去，然后有些害怕地看了一眼墙上挂着的一具骨架。

"那个在卡波特之家攻击你的人是谁？"

当彼得停下手头的动作之后男孩问道。

"一个秘密警察，他们肯定已经盯上我很久了。"彼得冷冷地回答说。

"为什么？"

"我也不是很清楚，一开始我以为他们看上了我的发明，不过后来我想……他们感兴趣的有可能是其他东西。比如我是从哪里来的，以及我是怎么来到这里的，也就是说，他们或许正在调查基穆尔科夫以及时光之门的事情。在发生了上次奥利维亚的事件之后……曾经有一度我过着非常平静的生活，直到那艘该死的船再次突然出现。"

"什么船？"

"这事说来话长，"彼得似乎并不想细说，"来说说你们吧，你们来这里干什么？老扎冯告诉我说你们去他的店铺找过我，还说了一些关于伦纳德、尤利西斯和珀涅罗珀的事情，到底发生了什么？"

当瑞克开始讲述最近发生的事情时，基穆尔科夫的钟表匠顺手拿来了桌子上的银色水壶，盛满水之后放在了一个煤油炉上，然后又在一堆牛奶盒子和零食罐头之间翻来翻去，打开合上，最后终于找到了想要的东西。

"很有意思，"在瑞克讲完之后，发明家说道，"不过我们现在先好好补充一下体力吧，你们觉得呢？"

三人喝了一些茶，并吃了一些葡萄饼干。

"你怎么想？"瑞克一边不停往嘴里塞饼干，一边急于知道彼得的

看法。

"听上去情况比我想象的要更糟糕啊！"彼得若有所思地回答说。

"也许你可以再回一次基穆尔科夫，"瑞克说道，"然后再做一个小的热气球，帮助我们去幻影迷宫打听珀涅罗珀的消息……也许还有内斯特的。"

"是啊，地底下的幻影迷宫……"发明家嘀咕着说，"确实有许多值得推敲的地方，比如那里的水流，有可能是从沟壑里直接流下去的，这也就说明了除了时光之门之外，还可以通过水路到达那里……真是一个很有趣的想法……"

彼得就这样一直自言自语着，完全撇下了两个男孩，也许这就是他独自生活太久之后的问题。

"我们所有的旅行中，最需要留意的就是……"发明家继续说道，"船只，船只和水流，还有船只上的帆，对了，不能把帆给忘记了，没有帆的话就没办法利用风了。"

这时他好像突然想起了什么，抬头问道："在幻影迷宫里是有风的对吗？"

瑞克点了点头。

"当然会有风，在那种地方怎么会没有风呢？"彼得似乎松了口气。

托马索有些尴尬地看了看四周，也许这位发明家和他那些奇怪的发明一样，是不是会有些零件出错。

他和瑞克相互交换了一个担心的眼神，但是并没有打断彼得的思绪，"说到水……所有时光之门可以到达的虚幻旅行地都和水有联系，不是吗？扁舟之乡那里有尼罗河，亚特兰蒂斯那里到处都是水……杰尼神父花园那里的高原上也有一条河……还有这里，威尼斯……好吧，威尼斯就不用提了……所以这些虚拟旅行地也会被称为梦幻港口，不然的

话墨提斯号根本就到不了这些地方。所以说……水是一个必要元素，从沟壑那里流经的河流，应该是这样没错了……那还有一个问题就是：什么才是一个虚幻旅行地？怎样才能创造一个虚幻旅行地？"

彼得停顿了一下，而托马索则在一边插了一句说："靠别人的传言？"

"没错！"发明家低沉地回答说，"所谓的虚幻旅行之地其实是依靠人的传言而形成的，也就是说只有通过人的语言描述才能够让人发挥出想象力，进而了解到这些地方，对了，我的《圣经》放到哪里去了？"

彼得一下子从座位上跳了起来，一头扎进一堆机器零件之中，最后找到了一本古老的希腊《圣经》，是由威尼斯人安德烈·托雷萨尼著于1541年的版本，足以让世界上所有的收藏家垂涎三尺。彼得开始不停地翻看，但是嘴里并没有念出具体的某一句话。

接着他又从工具堆里取出了一把锤子，开始在房间里来回走动，并挥动着锤子。"原来是这样，原来是这样……上帝通过言语创造了世界，所以，被上帝以自己为原型，发挥想象力之后创造出来的人类同样可以创造别的更小的世界。"

工作室里的气氛开始变得有些古怪起来，瑞克和托马索一直盯着发明家手里的锤子，一脸不安的表情。

"当然，所有这些都是胡说八道的！"彼得完全不理会两个男孩，"空想！诡辩！浪费时间！唯心主义！所以对我们来说完全没有实际意义！"

他将锤子扔了一堆物品中，将杂七杂八的东西砸得满地都是。

"我们只是一些单纯的人，单纯而实干！我们追求的是如机器一般的完美运行！如时钟一般的精准！空想什么的我们是完全没有兴趣的！"

"是啊，没错！"瑞克有些不太赞同地附和道。

"所以呢？"托马索渐渐开始有些失去耐心了。

"所以……我们得赶紧行动起来了！我刚才好像已经告诉过你们关

于船的事情了对吗？"

两个男孩点了点头，"好像有提到过……"

"没错，这件事就发生在三个月之前，不会更久了，我马上就通知了伦纳德，然后……"

"你通知了伦纳德？"瑞克有些疑惑地问道。

"当然！现在我们没时间闲聊了，赶紧出发吧！"

"去哪里？"

"那些人以为已经把我给杀死了……并且抢走了你的背包，他们应该马上就能够意识到你的背包不属于这里，所以他们很快应该会再次回到卡波特之家，去寻找时光之门的线索。这些人已经跟踪了我好几个月了，一直在等着我能够带他们去那里，或者是友爱巷……不过我比他们更聪明！聪明得多！所以我准备了……这个！"

彼得说着从工作台的下面取出了一个和鞋盒差不多大的盒子，里面安装着一些齿轮和机械装置。

他的双眼都快发光了。

"他们不是在找时光之门吗？这样我们就将计就计……给他们一个大大的惊喜！"

第十八章
幽灵船

　　" 天哪……" 茱莉娅·科文德将手从莫里斯·莫洛的笔记本上拿开，"这可真是太神奇了！"

　　她迅速地穿梭于阿尔戈山庄之内，寻找自己的哥哥。

　　她的哥哥正在楼下的客厅里，尝试着移动一个沙发。整座山庄如同刚被洗劫了一样，地毯被卷起来放在了一个角落里，两幅巨大的画作就这样躺在地上，在房间的正中间，放着一张桌子、几把椅子和一件印第安部落的面具装饰品。

　　"能占用你一分钟的时间吗？" 女孩问道。

　　杰森叹了口气，使劲揉着自己的后背，然后指了指餐厅，从那里不断传出各种抽屉打开和关闭的声音以及餐具碰撞的叮叮当当声……"这你得问老大了，在那里。"

茱莉娅凑到了哥哥的耳朵边轻声说："我刚才和安妮塔通过话了。"

杰森的脸上立刻恢复了生气，脸颊一红。"她现在怎么样？"男孩努力让自己说话的语调保持自然。

"似乎有了一些意外的发现！"

茱莉娅向杰森讲述了皮雷斯、弗洛格诺巷房子的地下室以及女孩找到了莫里斯·莫洛绘制插图的书本的事情。

"你说的那本书叫什么名字？"

"应该是《史宾西船长历险记》系列丛书的第十一册，作者叫瑟茜·德·布里格斯。"

杰森摇了摇头说："没有听到过这个名字。"

而对于冒险故事书，以及其他休闲消遣的书籍，杰森可是读过不少。

"你去藏书室看过了吗？"男孩问女孩说。

"还没有，我想先听听你有什么想法。"

"这件事情固然挺有意思，不过我没看出来它和找到内斯特有什么关联……"

"杰——森！"餐厅里传来了妈妈的喊声，"你那边的沙发搞定了吗？这里还有许多碟子需要整理呢！"

"时间到了，"男孩说道，然后开始继续摆放沙发，"我该工作了。"

"忍耐一下吧，"茱莉娅微笑着说，"今天我可以……阿嚏！"

茱莉娅快步走上了楼梯，然后在一面巨大的金框镜子处左转并进入了阿尔戈山庄的藏书室里。女孩先抬头看了一眼画在天花板上的书本分类图，上面注明了所有藏书的种类名字，然后女孩再仔细寻找对应位置书架上的铭牌，上面写着具体的藏书内容。

这里所有的书本都是按照不同的主题来摆放的，因此茱莉娅直接走到了"小说／故事"的地方，寻找和冒险相关的书本。

当她快速浏览着书名时，脑海里突然闪过了阁楼上摆放着的海盗服和海盗帽，并想象着史宾西船长穿着那身衣服时的样子，不知道为什么，史宾西的形象和尤利西斯·摩尔的形象突然在她的脑海里合二为一了。

然后女孩又想到了那个作者的名字，并从她那并不太丰富的知识库里寻找起蛛丝马迹来……瑟茜……她唯一有印象的叫瑟茜的女人应该就是那个在奥德修斯回故乡伊萨卡路上对其船员施展魔法的女巫瑟茜（译者注：中文又名喀耳刻）。

但是这个和史宾西船长有什么关系吗？

带着这样的一个疑问，茱莉娅在一排排书架之间走来走去，寻找着任何与船只和海有关的书籍。

"也许这是一个真实存在过的人……"女孩自己都不太相信这种解释。

她翻开一些积满灰尘的厚重书本，用手指扫过书本的目录，然后再合上并放回去。从楼下传来了哥哥的声音，似乎是因为他不愿意背上餐厅里那台美式风格的落地摆钟而争吵着些什么。

茱莉娅被逗得笑出了声，不过她的眼睛很快看到了某些刚才没有注意到的细节。就在她面前的这个书架上，一本厚重的精装书本上的灰尘似乎被清理过了：也就是说这本书在最近刚被人看过。

女孩伸手将它取了出来，封面上写着四行字：

来自七大洋

海盗、强盗和疯子的

传奇人生和

稀世宝藏

在它的下面，用小字写着：

最新版本，收录了从独木舟到现代机动船的各种信息，包含了历史
文献、插图以及航海图，出版于伦敦，1881 年

"这里除了内斯特，似乎没有别人会对这种书感兴趣了。"茱莉娅心
想。很快，在书中她找到了一张小字条，也证实了女孩的猜测，尤利西
斯·摩尔在字条上工整地写着：待核实。

字条夹的位置是一幅双桅帆船的插画，下面标注着：玛丽·切莱斯
特号，幽灵船。

茱莉娅仔细阅读了一遍这篇文章，其内容显然是女孩的哥哥所喜欢
的：一艘于 1861 年出海的船只，在十二年之后被人在大西洋的核心地
带发现，上面空无一人，既没有见到舰长本杰明·布里格斯，也没有见
到他的妻子和年仅两岁的女儿索菲亚·马提达·布里格斯以及另外七位
船员。

布里格斯？这难道只是巧合吗？这个姓和安妮塔在弗洛格诺巷房子
地下室里找到的那本书的作者一模一样。茱莉娅寻思着两者之间是否存
在着某种联系。

女孩接着读到：玛丽·切莱斯特号长约三十一米，排水量二百八十二
吨，当人们找到这艘船的时候，它的帆是撑开的并且已经破破烂烂，板
上全部是湿的，下部的船舱有一半已经浸水，驾驶方向盘已经损坏，而
且救生艇也不见了。另外，船上所有的纸质文件和地图都不知去向，一

起消失的还有货舱里的九桶酒。最后，这艘船被拖到了直布罗陀海峡一带，并被英国人据为己有。

"船上所有的船员，"女孩大声念道，"最后都不知去向，而这艘船上到底发生了什么也就成了一个无人知晓的谜。许多作家*都在自己的作品中提到过玛丽·切莱斯特号，并给出了自己的答案：遇上暴风雨，海难，还是遭到了海盗的袭击？"

茱莉娅合上了书本，努力思考着为什么内斯特会在出发去寻找珀涅罗珀之前突然会对幽灵船的事情产生兴趣，这其中一定有什么内在的联系。女孩确信自己和安妮塔的发现肯定指向了正确的方向。

"杰森！"她兴奋地喊道。

不过女孩的哥哥还在忙于将摆钟从餐厅移开的任务中。

当电话铃声响起的时候，布莱克·沃卡诺正坐在自己工作室的桌子前，忙于研究手头的图纸和笔记，想要尽快弄明白怎样才能够造出一扇时光之门：托马索带来的涂鸦之屋里的照片和杰森在阿加缇所得到的情报给了他不少启发。

他用了一小会儿才让自己的头脑从那些图纸以及风之树上移开，然后接起了电话。

电话的那头是茱莉娅。

布莱克一言不发，耐心地听女孩讲完，最后简单地回了一句："我不太相信。"

---

*　在所有的作者中，也包括了亚瑟·柯南·道尔爵士，他在《北极星号船长》中曾经提到过。

"究竟你不相信的是什么？"茱莉娅在另一头问道。

"有些事情你们还不知道，"布莱克有些疲惫地说道，"我指的是我们为什么会决定关上时光之门等，内斯特该不会是……不，不会的，那样根本就没有意义！"

茱莉娅完全没弄明白布莱克到底在说些什么。

"既然是这样，我们最好还是开诚布公地聊一聊，"布莱克简短地说，"今晚就在我家见面吧，等瑞克和托马索回来之后。"

"好的。"茱莉娅有些犹豫地回答道。

挂上了电话之后，布莱克有些紧张地在房间里来回走动着。"这怎么可能？"他自言自语说道，"那个老疯子该不会真的回到神秘岛上去了吧？又或者是跑去了沼泽去打那些海盗宝藏的主意了？"

他会不会去找……史宾西了？

布莱克握紧了拳头，内斯特一直沉迷于那个恶棍的故事，而他自己似乎也越陷越深，无法自拔了。

第十九章

冒险之翼

"您真的……确定？"小弗林特结巴着说道。

内斯特站在他的身边看着他。

在刚过去的这段时间里，两人做了许多事情：他们先是去了一趟位于树林里的一座荒废了的小教堂里和那里的墓地，随后回到了沙滩，工作了几个小时之后，终于在太阳下山前回到了火山口的边上。

现在已经一切就绪了，内斯特站在热气腾腾的火山口边，背后戴着一对用木头、丝绸、蜡以及海鸥羽毛做成的翅膀。

"听着，"老园丁说道，"我的猜测有可能是错误的，另外这些翅膀也有可能在尝试的时候坏掉。"

"对于这点，我非常赞同。"小弗林特看了一眼两人脚边的另一对备

用的翅膀，然后点了点头。

"还有一种可能性就是当我跳下去之后，下面的风将我吹得撞到石头上。"

"这种可能性当然也是存在的。"

"很好，这样一来，如果有人来接你的话，你就知道怎样向他们解释了。而如果我的猜测没有错的话……那么我会回来接你并把你带回家的，我保证。"

听到"回家"这个词的时候，男孩的脸上露出了一丝苦笑。基穆尔科夫，一直以来他都觉得自己很讨厌那个小镇和小镇上的居民。

"这样可以吗？"

小弗林特并没有直接回答，而是害怕地看着老人站在岩石边上略微有些晃动的身影，担心他脚下的石头随时都会碎裂让他掉落下去。

内斯特挥动了几下翅膀，用蜡粘上去的羽毛颤动着，有几根还掉了下来。

"先生！"小弗林特打断他说，"我可以问您一个问题吗？"

内斯特停下了手上的动作，叹了口气问道："还有什么事情吗？"

"最后一个，我保证！是一个私人问题。"

"快说。"

"是关于……茱莉娅的。"

内斯特调整了一下背包的位置，以确保其不会阻碍到翅膀的动作，然后问道："茱莉娅？"

"茱莉娅……科文德。"

"我知道谁是茱莉娅，你想知道什么？"

"我想知道一下……"弗林特紧张地挠了挠自己的耳朵，"是这样的……她有没有提到过我？"

　　内斯特不解地眨了眨眼睛，然后大声笑了起来，这也许是他几天来第一次开怀大笑，"你真是有意思！在这个时候你在想什么？想茱莉娅？"

　　"这很奇怪吗？"小弗林特认真地说。

　　"哦，没什么！"老园丁看上去似乎更开心了，"要知道你现在可是身处于一个大海中央的荒岛之上，你唯一的同伴是一个疯狂的老头，而这个老头现在正打算戴着一对木头翅膀跳下火山。如果我是你的话，也许会考虑一些其他的事情：比如，怎样在这里生存下去。"

　　说完之后，内斯特张开双臂，动作僵硬地向着火山口走去。

　　最后时刻，他回过头来，只是说了一句："好好活下去，小鬼，我们会再见的，我保证。"

　　然后便纵身跳了下去。

　　小弗林特立刻跑到岩石边，只见到老者在气流的帮助下，在空中飘浮了一秒多钟的时间，然后便消失在了黑暗之中。

　　小男孩趴在地上，试图在黑暗中分辨出老者的身影，但是已经什么都看不见了，火山口的坑洞里吹上来的热风令他几乎无法睁开双眼。

　　无奈之下，他只能匍匐着退后一些，然后再站起身来。

　　男孩看了一眼地上的备用翅膀，又抬头看了看天空。

　　他现在可以回到城堡里休息，然后等待有人过来救他，无聊的话也可以数数硬币，将它们清点整理一下，或者去墓地看看那些被埋葬的人都叫些什么名字，还可以用那些金币像石头一样来打水漂，或是用红宝石去扔海鸥，总之，他有一堆事情可以做。

　　"要是没有人来的话呢？"

　　对于十分顽固的小弗林特来说，要承认这一点很难，但是……他还是有些担心自己一直一个人留在这座荒岛上。夜幕马上就要降临了，而一个人孤零零地在这里会非常可怕，破旧的城堡，墓地，沙滩上废弃的

船锚，墙上留下的文字……

　　小弗林特不喜欢孤独的感觉，这也是为什么他总是和哥哥们一起外出，和哥哥们在一起总比自己一个人要好。

　　当他一个人的时候，总是不知道该干些什么，脑子也不灵活了，和他与别人在一起时有着完全相反的表现。

　　男孩想到了茱莉娅，想到了那张留在女孩窗口却从未得到回应的字条，不，不是从未得到回应，而是暂时还没来得及回复。和茱莉娅在一起的感觉可比和自己的两个哥哥在一起的感觉好多了。

　　他低下头，望着黑漆漆的火山口，一动不动。

　　"想也不要想……"男孩自言自语道。

　　当他抬起头，看见几只海鸥飞过天空的时候，男孩的肚子咕咕直叫。

　　"怎么办呀？"他嘀咕道，"在这座岛上我该吃些什么？"

　　他不会打猎，也不会捕鱼，甚至连哪些植物是可以食用的也不清楚，一开始的时候他还幻想着这里能够有速冻食品和微波炉让他能够加热之后吃。

　　孤独和饥饿的念头在他的脑海里变得越来越强烈。

　　"哦，该死！"男孩转身，摇摇摆摆地再次走向火山口，迅速穿上了那一对备用翅膀，努力不去想自己那跳得飞快的心脏。"先生！等一下！"他喊道，"等我一下！"

　　他向前迈了半步，然后又是半步，张开翅膀，然后……

　　"哦，我的妈呀！哦，我的妈呀！哦，我的妈呀……"

　　说完，他纵身一跃。

　　刚开始的时候，来自下方的热风将他轻轻托起，随后，在他体重的作用之下，男孩开始慢慢下坠，落进了张开的火山口之内，周围的一切

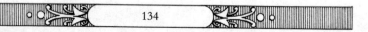

变得漆黑一片，黑暗且燥热。

　　小弗林特闭上了双眼，撑开翅膀，从下面吹来的热风就像快要将他撕裂了一样，使得男孩几乎无法闭上嘴巴，他的腮帮子不停地颤抖着。

　　不过他还活着，并且慢慢下坠，在空中不停旋转着。

　　他能够感觉到四周的虚无，而热风也正是从这种虚无里吹来，先是脚下，而后是在四周，男孩身上的衣服被吹得紧紧贴着他的身体，翅膀上的羽毛一根根在掉落。

　　"妈呀，妈呀，妈呀……"男孩嘴里一直念叨着，同时他被风吹进了另一个旋涡里。

　　一个旋涡，接着一个旋涡……

　　突然，周围的风一下子停了下来，恢复到了一片寂静。

　　小弗林特害怕到快要窒息，他突然收起了翅膀，快速跌落下去。

　　男孩绝望地大喊着，眼前回放着他一生中最快乐的场景。

　　但遗憾的是数量十分有限。

　　"那个该死的老笨蛋！"男孩满怀着对全世界的愤怒大喊道。

　　突然，正如刚才风停的时候一样……

　　哗！

　　风又再次吹了起来，弗林特在黑暗中被吹得翻了个跟头，最后终于得以调整好姿态并打开了翅膀，于是男孩又一次被风托了起来！

　　在热空气的帮助下，男孩减速之后缓缓向下滑翔。

　　他开始有些歇斯底里地狂笑起来。

　　"你这个老笨蛋！"他笑着重复道。

　　不过这次他的笑声里却带着一点崇拜之情，毕竟他嘴里所说的老笨蛋找到了正确的出路！

　　来自下面的热风就这样吹吹停停了十来次，而随着时间的推移，男孩觉得这样下落的过程似乎也没有一开始那么可怕了。

　　但就在这个时候，小弗林特手上的翅膀顶端突然在黑暗中碰到了一块凸起的石头，木架子一下子少了一块，一大把羽毛散落开来，缝合处的布匹呼呼地颤抖着，如同是在一场暴风雨中的船帆一样。

　　又过了一会儿，小弗林特似乎看到了一些光点：像蜡烛，又或者是远处的火炬，在他的周围慢慢移动着，看上去如同一队行人举着火把沿着远方的一条小路行走一样。不过火光紧紧持续了几秒钟便消失在了他的头顶。

　　最后，他还看到了一张金色的脸庞，一双白色的大眼睛盯着他看，就和他距离不到十厘米的地方呼啸而过。

　　随后，在一阵风刮过之后，他的双脚终于碰到了地面。突如其来的这一下令男孩完全失去了平衡，摔倒在地，小弗林特在石头上打了个滚，背上的翅膀摔得粉碎。男孩的身上被撞了好几下，感到骨头都快散架了，他一动不动地躺在地下，头朝上，看着自己下来的那一片黑暗。

　　他在地上躺了至少十分钟，才鼓足勇气站起身来，男孩解开了背后翅膀的残骸，揉了揉眼睛，努力分辨着黑漆漆的四周。渐渐地，一些灰色的如同石碑一样的东西一字排开，从黑暗中浮现了出来，地面上出现了一条银色的河流，在河的对岸是某种十分宏伟的建筑。眼前的景象看上去有些恐怖，男孩被吓得差点叫出声来，不过他还没有从下坠的那种兴奋状态中恢复过来，根本就无法喊出声来。

　　随后，在不远处，他好像看到了一个背包扔在了地上，男孩走上前去，见到四下散落着一些碎木块，如同一个摔坏了的玩具一样，还有一些破布片……

当他看到阿尔戈山庄老园丁躺在地上的身体之后，心一下子悬了起来。

"嘿！老先生！"男孩大声喊道，但是地上躺着的老者仍然一动不动。

小弗林特急忙跑过去，却被脚下的石头绊了一下，跌倒在地，发出了一声闷响。

"老先生？"男孩再次喊道。

不过老者并没有回答，他双眼紧闭，嘴巴微张，双臂无力地摊在地上，从他的背包里掉落出来了一些船的模型和十来本黑色笔记本。

"嘿，不要啊，先生！您可不能就这样扔下我不管啊！"男孩绝望地喊道。

男孩先将手搭在了老者的额头，然后寻找着他的手臂、手腕，为了查看他是否还有脉搏。

"您可千万别死啊！您可千万别死啊！"

可是他们现在到底身处在什么地方呢？

男孩的手在地上摸到了一样东西，他拿了起来，凑到眼睛边上：原来是一把有着蝾螈手柄的钥匙，看上去和那把引发了基穆尔科夫大水的钥匙有点像。

小弗林特赶紧将钥匙扔到了地上，好像生怕被诅咒了似的。

男孩这时眼睛里的泪水情不自禁地流了出来，出于一种无法抗拒的绝望，他瘫坐在老园丁的身边，开始抽泣起来。

小弗林特

居住地：基穆尔科夫

特点：鬈发，个子矮小，通常和两个哥哥一起行动，三人组成了一个爱吹牛和干坏事的团伙。

第二十章
新的发现

漫长的一天终于到了晚上七点半，杰森·科文德已经累得半死。他从桌子边站起身来，腰都快断了，然后说了一句要回房休息了。除了腰酸背痛之外，男孩的双手和手臂几乎都麻木了，耳边一直嗡嗡地回响着各种来自母亲的命令、责备、关照和人生的建议，总之就是告诉他要负责任、诚实和坦率……

科文德太太就好像决定用那天下午来弥补所有她失去的时光一样，又好像她突然意识到了自己马上要十四岁了的儿子已经快变成小流氓似的……当然，事实也和这点相差不远了……

不管怎么说，出于求生的本能，杰森选择了沉默。他决定默默地接受惩罚，而让茱莉娅去藏书馆查找线索，去找布莱克求证，来慢慢摸索

出关于幽灵船和海盗的线索……总之，让妹妹来继续跟踪最重要的事情。

只不过男孩自己无法在第一时间获悉事情的进展让他感到有些无奈。

"晚安！"男孩说着准备从餐厅往外走。

"拿上蜡烛！"妈妈提醒他说。

啊，对啊！家里还没有电！

杰森朝着还在和父母说话的妹妹眨了眨眼睛，示意她继续拖延时间，然后来到了楼梯口，透了口气：摩尔家族的画像大部分还堆在地上，整个客厅在昏暗的光线中显得有些颓废。

男孩一步两格楼梯地跑上二楼，直奔自己的卧室，随后将两个枕头塞进了自己的睡衣，并放在床上用被子盖好，接着，他来到了过道，蹑手蹑脚地走向藏书室，到了藏书室之后，男孩拉动了书架上的一个机关，打开了一扇暗门，通过暗门，他再次回到了一楼，并穿过堆满了捕鱼者雕像碎片的廊道，来到了院子里。

男孩等在阿尔戈山庄的大门外，夜色之下，整个小镇仍然一片漆黑，半点灯光都没有。

大约过了一刻钟，茱莉娅吹着口哨来到了男孩的身边。

"一切都准备好了？"女孩问道。

杰森点了点头。

两人就这样沿着山路步行向下走去：因为去拿自行车的话势必会发出声音惊动家长。

"他们又提到回到伦敦去的话题了吗？"杰森有些担心地问道。

"没有。"茱莉娅回答说。

"所以说警报解除了？"

"我觉得应该只是延后而已。"

大约二十分钟之后，两人抄近道从乌龟公园这里穿过，来到了基穆尔科夫的火车站，当他们上了二楼进入房间时，布莱克正在厨房忙着准备晚餐，整个房间里弥漫着诱人的辣椒炖肉的香味。

两个孩子在客厅里坐下之后，等候火车站前站长用完晚餐，而杰森也乘机给自己要了一份炖肉，味道着实鲜美。

"其他人去了哪里？"过了一会儿茱莉娅问道。

布莱克说瑞克和托马索还没有从威尼斯回来，这点已经开始让他感到不安了，而整件事情还不止于此，时光之门的设计以及安妮塔和茱莉娅的最新发现都令他深感担忧。

"刚才在电话里的时候，你说有些事情需要告诉我们的……"茱莉娅提醒说。

"是的，"布莱克回答道，"这样说吧，我有一个猜想得到了证实，而这个猜想已经困扰了我很长时间了。"

"什么猜想？"杰森张嘴吃下了最后一口食物，然后问道。

"就是内斯特这次重新踏上旅途是有人故意安排的。"

"你的意思是说……有人想要见他？"茱莉娅有些不解地问道。

"或者说有人和他之间的恩怨还没有了结……"哥哥开玩笑说。

布莱克的手重重地拍在了桌子上，"你说得没错。"

杰森挠了挠自己的额头，"那到底会是谁和内斯特还有着恩怨呢？"

"是和我们，确切点说。"布莱克纠正道。

"我就知道！"杰森兴奋地在椅子上前后摇晃着说，"我就知道你们这些大夏天的伙伴们曾经干过一些蠢事！我一直很确信！只不过你们比较爱面子所以从来都没有和我们说过而已，不是吗？"

"这不是爱不爱面子的问题，"布莱克叹了口气，然后又深深吸了口气，说道，"当我们决定关上所有的时光之门的时候，发生了一些……

很严重的事情。瑞克的爸爸死了，这其中当然有一部分是我们的原因，因为我们一直在寻找主钥匙，而且在此之前，我们已经差点淹掉大半个小镇，同时一部分山崖也崩坏了……"

"你是说……山崖崩坏了？"

"没错，你们还记得通往墨提斯号的那条通道吗？到了某个地方之后必须要滑行通过一条很窄的道路……之前可不是这样的，那个时候可以一路畅通无阻地走下去，不用那么费劲。"

"那么，到底发生了什么呢？"茱莉娅有些急切地问道。

布莱克的嘴唇动了一动，"是这样的，我们曾经约定过这件事情不再向任何人说起，不过……我想现在是时候让你们也知道一下了……"

正在这时，突然外面传来了敲门声，将三人吓得从椅子上跳了起来。

"还有人要来吗？"杰森紧张地问道。

布莱克摇了摇头说："据我所知应该是没有。"

主人站起身来，来到了门边，从猫眼里向外望去。

接着他有些意外地打开了大门，"菲尼克斯神父？你怎么会来这里？"

"我可以进去吗？"基穆尔科夫的神父问道。

菲尼克斯神父接过了一杯热茶，然后坐到了孩子们的身边开始和孩子们寒暄起来，在过了大约一刻钟之后，他才说明了来意。

"今天，在你离开之后，"神父转向布莱克说道，"我去看望了一下鲍文太太，她的情况看上去有所好转，再过不久我们就得把发生的事情告诉她了。"

"这个时间可真是凑巧啊！"布莱克·沃卡诺苦笑着说。

菲尼克斯神父干咳了两声，清了清嗓子，继续说道："当我按照你的建议去鲍文医生的地下室清理那些笔记的时候，发现了一些有趣的

事情。"

　　兄妹二人显得有些焦急，因为布莱克刚才正好要讲到事情的重点，却被神父的出现给打断了。

　　"也许是多此一问，不过……"菲尼克斯神父微笑着指了指杰森和茱莉娅，"他们两人对于你们决定关上所有时光之门的原因知道多少？"

　　"在你来的时候，我们正好在说这件事情。"布莱克回答说。

　　"很好。"

　　基穆尔科夫的神父从口袋里掏出了一张字条，上面写满了各种记号、数字和字母，让人根本无法理解。

　　"我想你们可能见过这种做笔记的方法……"神父微笑着说。

　　"尤利西斯·摩尔！"杰森一下子就认出了阿尔戈山庄原来主人的字迹。

　　"那这些到底是什么呢？"布莱克·沃卡诺好奇地问道。

　　"是我在鲍文医生家找到的东西。"

　　杰森和茱莉娅睁大了眼睛。

　　"那上面写了些什么？"火车站前站长继续问道。

　　"很多内容，比如……"菲尼克斯神父的话语令整个房间里一下子安静了下来，"摩尔家族一直以来守护着的秘密。"

第二十一章
女巫瑟茜的日记

在燃烧者俱乐部的房间里，玛拉留斯·沃尼克的姐姐正在冲着剪刀兄弟发泄着心中的怒火。墙上的时钟告诉在场的所有人已经快到晚餐时间了，窗外，伦敦灰蒙蒙的天空已经开始变暗，又过了一会儿，薇薇安终于气呼呼地走向了门口。

皮雷斯站在门口，十分礼貌地递上了一把雨伞，说道："您的雨伞，女士！"

她从管家的手中一把抢了过来，然后像拿着一把手枪一样指着兄弟二人，威胁道："别以为这样就结束了，我还会回来的！"

说完之后，她便转身离开了。

剪刀兄弟一下子瘫坐在了沙发上，精疲力竭。

"皮雷斯，拜托！"卷毛说道。

"给我们来些热饮！"黄毛补充道，"要烫一些的！"

而安妮塔则问了一下电话机的位置，希望能够打一个电话给爸爸，告诉他也许没法回去吃晚餐的事情。

"发生什么事了吗？"布鲁姆先生立刻紧张地问道。

"没什么事，只不过晚上我想和剪刀兄弟一起吃一个土耳其卷饼，你想要一起来吗？"

女孩很清楚自己的父亲有多讨厌土耳其卷饼……这样的话他就会在晚饭之后再来接女孩一起去机场。

挂上电话之后，她转头向躺在沙发上的两位燃烧者俱乐部成员求助。

"有什么需要帮忙的吗，小家伙？"

安妮塔指着房间尽头的那个放有禁书的书柜说道："可不可以帮我把那个打开？"

皮雷斯有着一套钥匙的副本，于是他让剪刀兄弟签了一张授权的文件之后，便打开了文件柜。

安妮塔迅速浏览了一下固定在文件柜下方的书册索引卡片。

不过在"需要销毁的书本"以及"可以无视的书本"两大类中并没有见到瑟茜·德·布里格斯的名字，最终，女孩在"需要禁售的书本"一栏中找到了她的名字。

不过在卡片上只是写着《史宾西船长历险记》一套一共有十二本书，是在1907年至1911年期间出版的，并没有提到关于作者的信息。

看来这个谜题变得越来越令人困惑了。

安妮塔关上了书柜，然后问剪刀兄弟是否能够看一下虚幻旅行者俱乐部的股东成员，不过，正如她所预料的那样，所有关于燃烧者俱乐部

之前的东西早就已经被扔掉了。

剩下的就只有"危险人物陈列柜"了，又或者……

"在这里有没有被你们销毁掉的书籍的作者名册？"安妮塔对着剪刀兄弟问道。

兄弟两人疑惑地对视了一眼。

"也许在'自由审查处'……"黄毛说道。

"又或者在销毁书籍百科上……"卷毛补充说。

然后两人一起望向女孩问道："请问……你到底要找什么？"

安妮塔将事情大致向两人解释了一下。

兄弟两人似懂非懂地点了点头，然后叫来皮雷斯一起商量了一番。

"你所需要的东西可能会在楼上老大的办公室里有。"管家嘀咕着。

安妮塔耐心地看着皮雷斯缓缓走上楼梯，借此机会，她迅速翻开手上那本布里格斯写的书，随便看了几页，从内容上来说，这本书更像一本恐怖故事集，而非历险记，有些描写的内容确实口味比较重，令人作呕，女孩不敢继续读下去，于是合上了书本。

女孩有些害怕地联想到了书本插画家最后的结局：莫里斯·莫洛最后是上吊死在了自己的工作室里，然后整间屋子又不明原因地起了大火。不知道这本恐怖的故事集和虚幻旅行者俱乐部之间到底有没有联系。

女孩并没有来得及细想，因为正在这时皮雷斯从楼上慢慢走下来了，手里拿着两本册子，一本红色，另一本蓝色。

"这本是画家的名册……"管家指着红色封面的册子说道，"我在用字母D标记的抽屉里找到的，而另一本是作家的名册，我在字母A的抽屉里找到的。"

"字母A？"

"是的，就是'作家（AUTORI）'的首字母，"管家解释说，"也有可能是'目标人物（ASPIRANTI）'的意思。"说完，管家将两本书叠放在一个小圆桌上，然后后退了两步，"希望能够帮到你，小姐……"

安妮塔微微一笑，回答说："希望如此！"尽管她自己也不知道能够在里面找到些什么。

皮雷斯点了点头，然后，为了避免无所事事地站在一边，他礼貌地问道："要给您来一杯大黄茶吗？"

安妮塔先翻开了关于画家的那本册子，在首页上写着：

本册子的人物顺序除了以姓名排序之外，亦参考了个人对于其创作作品的想象能力以及作品的重要程度之判断或是他人委托的先后顺序，名册收录了最近一个世纪以来的以下可疑人物：

设计师

插画师

艺术家

视觉创造者

画家

本书由燃烧者俱乐部编制并印刷

禁止销售或是复印

很快，女孩便找到了关于莫里斯·莫洛的内容，上面写道：

"莫里斯·莫洛（图卢兹，1863—1948，威尼斯）。

"法国插画家，视觉艺术家，通过他的'艺术'，让超过五十本冒险故事书变得更加卑鄙和猥琐。

"他那可怕的插画出现在了《格列佛游记》中，同时在儒勒·凡尔

纳的故事中也有他那令人不堪入目的图画，除了内容不堪之外，他还向出版社收取高额报酬。

"他宁可与那些不入流的作家四处鬼混，也不愿意安心地做一位自食其力的政府职员。

"于1901至1925年期间在虚幻旅行者俱乐部注册在案。

"他的大部分作品并没有什么太大的影响力，可以被忽略不计，但是需要特别注意他在位于威尼斯的那幢被称为'涂鸦之家'的住宅里的壁画。

"死的时候穷困潦倒，形单影孤，十分悲惨，为他的人生画上了一个戏剧一般的句号。"

看到了上面简短的描述之后，安妮塔感到一阵义愤填膺，她气呼呼地合上了红色的册子，然后打开了那本蓝色册子，书本首页上的内容和另一本册子几乎一样，只不过这本蓝色册子里记录的都是些诗人和作家。

当翻到了尤利西斯·摩尔的首字母M时，从册子里掉落出来一张字条，上面是沃尼克手写的一些备注：

"尤利西斯·摩尔（1947年9月17日—2002？）。

"燃烧者俱乐部伟大的创始人马库里·玛尔肯·摩尔的那个不争气的外甥，和父亲约翰·杰斯后来一起搬去位于康沃尔的家族房子，后来一直不怎么露面，过着悠闲的田园生活。

"在2002年前，几乎没有他的消息，而在2002年的时候，突然在市面上出现了一系列以他的名字来命名的奇怪故事书。需要确认故事书的名字，调查更多的细节，如有必要可以买几本，购买之前先要了解一下价格，因为该书好像没有直接向大众销售。"

在"德·布里格斯"的名字下，安妮塔找到了一段更为详细的说明：
"瑟茜·德·布里格斯（1870—1970）。

"自称是法国恐怖故事书作家。没有关于她家庭的信息，不过猜测其应该家境不错。女孩在小时候就表现出了写作方面的天赋，并在其成年后出版了一套十二本冒险故事书，该套丛书由莫里斯·莫洛（另见该人注释）绘制插画，讲述了一位名叫史宾西的海盗的恐怖冒险故事，主人公拥有两种奇怪的技能：他脖子上的猴子骷髅项链赐予了他不死之身，而他还有一艘黑帆船只能够帮助他穿梭于不同的虚拟之地。

"整套书的专业评价并不高，却令人意外地在公众中取得了不错的销量。德·布里格斯于1902年至1919年期间是虚幻旅行者俱乐部的成员，并向俱乐部捐出了其作品，而之后，她突然退出了俱乐部。

"在此之后，便再也没有了这个人的消息。据说她活到了一百岁，最后一个人孤独地在普罗旺斯去世，并被曾经喜爱她的大众所忘却。"

安妮塔又重新读了几遍这段话，确定自己应该没有理解错：按照这段文字的说法，瑟茜·德·布里格斯在其冒险故事书中描写的场景应该就是虚幻旅行地，就和尤利西斯·摩尔一样！

那一整套十二本书原本就放在俱乐部的藏书室里，不过在20世纪80年代俱乐部易主的时候结果只保留下来了一本，而作者瑟茜女士也差不多是在那个时候去世的……

"您还好吗，小姐？"管家温文尔雅的声音如同来自另一个世界一样，将安妮塔拉回现实中。

女孩下意识地点了点头，然后问道："我可以问您一个问题吗，皮雷斯？您觉得……如果我打电话给霍默先生的话……他会不会告诉我是否还保留着这些旧书呢？"

"您可以试一下，小姐，如果需要的话我应该还有他的电话，应该被我放在了书桌的抽屉里了……"

说完，管家走向了自己的书桌，开始在一堆抽屉里翻找起来。

"我刚才回想起了地下室的一些情景……"女孩若有所思地说道。

"您喜欢那个地方吗？"皮雷斯继续寻找着说。

"我觉得有些……奇怪……"安妮塔突然激动起来，"那些通风口，还有会震动的地板……就好像随时……都会发生些什么事情一样……"

"又好像在过去曾经发生过些什么，不是吗，小姐？"

安妮塔靠在了椅背上，看着德·布里格斯小说封面上的史宾西船长画像。

"没错，皮雷斯，"她说道，"就是那种感觉……"

瑟茜·德·布里格斯

居住地：法国

特点：作家，于 1907 年至 1911 年间出版了一套十二本的《史宾西船长历险记》，该套故事书请到了莫里斯·莫洛来绘制插画，瑟茜女士在 1902 年至 1919 年间曾经是虚幻旅行者俱乐部的成员。

第二十二章
地下室里的烟火

"快点，别管其他东西了。"彼得·德多路士手里拿着一个钟表匠专用的盒子，走出了自己的工作室，同时对孩子们说道。

托马索和瑞克在犹豫了一下之后，还是照做着跟了上去。

"你难道不害怕……他们就这样将你的发明都占为己有吗？"威尼斯男孩有些犹豫不决地问道。

"不会啊，"彼得说着走下了楼梯，"因为我没有给他们留下任何东西的打算……"

三人再次来到了井底的那一个地下室里，并坐上了蜘蛛潜艇。

"你有什么打算吗，彼得？"瑞克问道。

钟表匠按下了一些按钮，启动了机器，然后说道："请系上你们的

安全带！"

"这里没有安全带！"红发男孩嘀咕着，"而且，我刚才问你的是有什么打算吗。"

彼得·德多路士坐在他那张金色的驾驶座上，看着男孩说："我们先去解决那些坏人，然后回基穆尔科夫去。"

"是的，可是……"瑞克看上去好像还不是很确定，"我们来的时候是两个人，而现在我们有三个人。"

"哦，当然，我明白你的意思，不过……这事情你不用担心……"彼得漫不经心地回答说，"在听完了你们告诉我的内容之后，我现在对于整件事情清楚了许多，应该说是相当清楚了，我敢说是彻底明白了！"

他拉动了扳手，蜘蛛潜艇开始移动起来。

"锯子！"彼得说着，抓住了一根之前并没有使用过的拉杆，并将其拉下。

从蜘蛛潜艇的两个前爪里伸出了两把长长的锯子。

"图纸。"彼得又说道，随即发现两个男孩并没有什么反应，他又转过头来重复了一遍，"图纸！"

托马索这才注意到，就在自己窝着的那片空间的地上，放着一堆纸张，上面填满了各种符号和备注，于是他随便拿了几张就递了过去。

发明家接过图纸，在眼前快速翻看着，幸运的是，他似乎找到了自己想要的东西。

然后，他操纵着蜘蛛潜艇穿过了大楼底下的一条狭窄通道，并在一排被涂成红色的木桩前停了下来，蜘蛛伸出两只前爪，开始一根一根锯起了这些木桩，也就是几分钟的工夫，便完成了工作。

最后，彼得宣布说："我们得赶紧逃跑了，距离整幢大楼坍塌还有不到八十秒的时间。"他最后又看了一眼图纸，补充说，"按照我的计算，

这点时间是完全足够的。"

瑞克和托马索不约而同地咽了口唾沫。

彼得操纵着蜘蛛潜艇掉了个头，然后沿着进来时的通道返回河里，刚出通道，他们的身后便传来了一阵可怕的断裂声，紧接着，大楼坍塌的巨大轰鸣声令两个孩子不得不捂住耳朵，而蜘蛛潜艇也差点被冲击波给冲翻。

一大团淤泥以大楼为中心沿着河流扩散开来，同时天空也被尘土所遮蔽。不过，除了些许轻微的磕碰之外，三人并没有受到任何伤害。

"威尼斯的房子经常遇到塌方，"彼得重新在驾驶座上坐好，然后说道，"今天我们就见到了两幢。"

三人在距离卡波特之家几米远的水下静静地等候着。

托马索通过潜望镜东张西望，寻找着之前那些身穿灰衣的秘密警察的踪影。

彼得·德多路士希望等对方出现之后再开始行动。

基穆尔科夫的天才发明家打开了他带来的盒子，并向瑞克展示了其运作原理（当然，很多细节的地方男孩只能装作听懂的样子）：简单来说，里面并排摆放着的仪表和瓷制拨片都是用来控制安装在卡波特之家各层楼里面的喷射装置的。

"我把这个称为'定向爆破'，"彼得解释说，"这种爆破方式是经过了精密计算的，爆破之后整幢楼房将会倒塌在自己所在的区域。"

"这样的话那些秘密警察怎么办？"瑞克有些担心地问道，"他们会被压死吗？"

彼得在设计的时候也考虑到了这一点：最初的三发爆炸将会起到警示的作用，并给里面的人们留下了足够的时间逃出来。

而一旦那些人跑了出来之后……"再见了，卡波特之家的时光之门……"

正当三人等待着执行计划的时机时，瑞克突然想到了彼得的计划是否真的可行的问题：毕竟要毁掉时光之门可不是一件容易的事情，同时，他自己还有一个小算盘，就是希望能够想办法拿回自己的背包，以及背包里父亲留给他的那块手表。

黄昏渐渐降临，天空被夕阳染成了血红色，这时，正如彼得预料的一样，那些秘密警察的身影出现了。

"来了。"托马索说完将潜望镜交给了彼得。

至少九个人影陆续出现，然后进入了屋子里，他们也许和当天上午从卡勒家抢走那台印刷机的是同一拨人。

在所有人都进去之后，彼得拿起了嘀嘀嗒嗒运转着的那个盒子。"现在……让我们开始表演吧！"他说道。

瑞克再次问了他一遍是否真的确定要这样做。

"没有别的办法了，"发明家回答说，"如果让他们找到时光之门的话，他们就能够确定了时光之门的存在，而一旦如此，他们一定会把整座城市翻过来找一遍。"说着，他拨动了一下盒子里的一个拨片，大约几秒钟之后，从房子里传来了一声巨响，将潜艇震得晃了几下。

"跑出来了一个！"彼得冷静地说。

"小毛球！"托马索突然激动地喊了起来。

小狮子显然受到了惊吓，逃出了大门，但是很快它又折了回去，留在托马索放下他的地方等候着自己的主人。

"我得想办法去接它！"在第二声爆炸声传来的时候，威尼斯的男孩急忙说道。

"太晚了！"彼得回答说，"它会像其他人一样跑开的！"

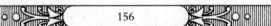

"不会的，它不会逃跑的！看上去它被吓坏了！"

托马索一下子离开了潜望镜，来到了潜艇的入口边。"让这家伙上浮一点！"他说道。

"等一下，小伙子！"发明家有些紧张地命令道。

而托马索抓住大门上的转盘，作势要打开让水灌进来的样子，"让这家伙浮上去，听到了吗？"

"托马索……"瑞克这时也坐不住了。

"我不能就这样丢下它不管，那还只是一头幼崽而已！"

"彼得……"红发男孩已经不知道该站在哪边了。

"哦，真是该死！"发明家抓住了一根操纵杆说，"你想要害死我们所有人吗？"

过了大约二十秒钟之后，托马索冲进了卡波特之家的大门，一边大声喊道："小毛球！"

男孩一路上至少见到了两个身穿灰色衣服的人，不过他并没有停下脚步，而是径直跑向屋内，四处寻找小狮子的踪影。

第三声巨响，比前两下更猛烈一些，令整幢房子的地基开始颤抖起来。

"小毛球！你在哪里呀？"

尽管现场一片混乱，爆炸声、脚步声、叫喊声全部掺和到了一起，托马索仍然听见了一声微弱的叫喊声，至少他是如此认为的。男孩顺着声音的方向寻找过去，准确点说，更多是依靠自己的直觉，最终在一间昏暗的房间角落里见到了自己的小狮子。

"小毛球！过来这里！是我！"

小狮子害怕的眼神中突然闪现出了幸福的光芒，它冲向男孩，一下子扑进了男孩的怀里，用有些刺刺的舌头舔着托马索的脸。

"当然，当然！我是特地回来找你的！我绝不会就这样扔下你不管！"托马索开怀大笑说。

不过，正当他准备走出房间时，脚下的地板突然开始颤抖起来。

紧接着，房屋的天花板一下子裂成碎片，坍塌下来。

男孩和他的小狮子就这样被埋进了废墟中。

第二十三章
蓝色王子

"你介意先从我的身上挪开吗？"

说话的声音如同蚊虫一般，以至于小弗林特还以为自己在做梦，不过当他抬起头来的时候，才看见老园丁已经睁开了双眼，正盯着他看。

"先生……"男孩结巴着说，"您……您还活着？"

"我想应该是的，"内斯特有些痛苦地说道，"不过如果你再这样压着我的话，我可能活不久了。"

小弗林特一下子跳了起来，用手背擦了擦眼泪，然后吸了吸鼻子，说："您不知道重新见到您我有多高兴呢！"

"别那么激动，小伙子，先扶我一把帮我起来。"

内斯特费劲地站了起来，整理了一下背包，捡起了笔记本、钥匙和

散落在一地的船只模型，然后埋怨了小弗林特几句，尽管他的心底里还是有一丝高兴的。

过了几分钟之后，两人的眼睛终于适应了四周黑暗的环境，才得以看见周围的一些细节。

两人发现自己身处在一道深不见底的沟壑底部，边上有一条河流经过，而在河的对岸有着一堵巨大的黑色围墙。

"看来，我的猜测并没有错，我们已经到幻影迷宫了……"内斯特嘀咕着拍了拍自己的衣服，检查了一下身上的伤口：两个肩膀的关节一直隐隐作痛，而他每次呼吸的时候，喉咙里总觉得有什么东西在摩擦一样。

"一切都如您所料。"小弗林特完全没有听懂老者嘴里所说的话的意思，不过他此时此刻已经迫不及待地想要离开这里了，"那我们现在该怎么办？"

"我们得进去那里。"内斯特解释说。

"好的。"男孩点了点头，在使用木翅膀飞进火山口并且成功着陆之后，小弗林特现在自信心爆棚，觉得自己不惧任何困难，"只不过，我们得找样什么东西来渡过这条河……"

"在河边应该能够找到小船，然后如果我没有记错的话，过河之后还有一个谜题需要解开……"内斯特双手使劲揉着自己的太阳穴，尝试着回想起进入幻影迷宫所需要解决的谜题。也许他在某一本笔记本上有写下来，又或许没有，不过这都不重要，因为这些谜题基本都难不倒他。

过了没多久，两个身影就出现在了金光灿灿的迷宫通道里，脚下生风，快步走着。

走在前面的那个人腿脚似乎有些不便，喘着粗气，不过丝毫不见他

减慢速度。

而跟在身后的那个身影则显得有些犹豫不决，时不时地四下张望，既害怕，又兴奋。

内斯特和小弗林特先是渡过了河流，然后两人使用了老园丁带来的钥匙打开了一扇门，进入在小男孩看来是他见过最奇怪的建筑里：这里纵横交错着无数条通道，每一条都望不见头，同时还连接着一个个不同的房间。

有些房间里空无一物，有些房间里竖着一些立柱和拱门，但是上面没有天花板，还有些房间里放满了金色的龟形大盾，上面扬起一阵阵金色的粉尘。无论走到哪里，通道中总是充满了强烈的气流，而这些气流看上去就像是在迷宫里自己生成的一样。

"请问您知道我们这是要去哪里吗？"小弗林特突然问道。

"是的。"内斯特回答说。

"是哪里呢？"

"那边。"

男孩嘴里不知道在嘀咕着些什么，无奈地低着头沿着一条看不见尽头的通道继续前进着。

过了没多久，两人终于在这里见到了第一个"当地人"。

"对不起！"内斯特一瘸一拐地走上前去打招呼道。

那人停了下来。

他的脚上穿着一双草编的鞋子，在他转头之后，脸上一副亲切的表情。

"有什么需要帮助的吗？"他礼貌地问道，然后看了老园丁一会儿，说，"我们是不是在哪次会议上见过面？你们来自《一千零一夜》里的失落之城，还是……神秘岛的保护委员会成员？"

小弗林特能够做的只有保持礼貌的微笑，然后扭头问内斯特说："他到底在说些什么？"

阿尔戈山庄的老园丁赶紧摆了摆手，满怀歉意地解释说："事实上这是我们第一次来这里……我想我们可能是迷路了。您能够给我们指一下路吗？我们在寻找虚拟的议会，因为我们想找一个失踪了的人……"

"你们说的是要找一个失踪了的人？"

"是的。"

"如果是这样的话，你们没必要去议会！"蓝色王子得意地笑了笑说，"因为那里现在正在召开一个非常无聊的会议，来决定约克纳帕塔法镇的边界问题 *，这个会议到现在已经开了好几个小时了，我也是刚刚偷溜出来的……你们要去的地方应该是失踪人口办公室。"小矮人说完，从口袋里掏出了一卷蓝色的线圈，然后将其扔在了地上，盯着看了几秒钟，最后指着不远处的一条过道说：

"往这边走，然后在第一个交叉口向左，然后一直直走，到第一、第二、第三个交叉口再向右，位于失踪动物办公室和失踪物品办公室的后面，失踪地办公室的前面，很容易找！"

内斯特用手指在额头画了一下以示感谢，蓝色小矮人便转身离开了。

"我刚才说什么来着？"老园丁转向小弗林特说道，"是应该朝着那边走吧。"

---

* 约克纳帕塔法镇——曾经获得过 1949 年诺贝尔奖的美国作家威廉·法克纳在其许多文学作品中都曾经提到过这个虚拟的小镇。

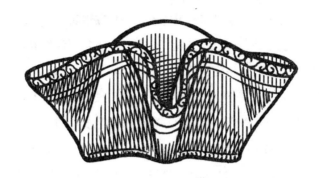

第二十四章

鲍文医生的笔记

在基穆尔科夫废弃火车站售票处的楼上，三双眼睛紧紧地盯着菲尼克斯神父的嘴巴和他掏出来的那张字条。

"当我看见那间地下室的时候，"神父说道，"我立刻就意识到鲍文医生对于你们的旅行以及时光之门确实耗费了大量精力去研究，同时他依靠自己的力量收集到许多证据和细节。"

"我们正赶时间呢，菲尼克斯！"布莱克催促道，"你就别绕弯子了，上面写了些什么？"

"好吧，既然是这样的话……"神父点了点头说，"上面是一些笔记，而笔记的内容……其实是关于一件属于尤利西斯父亲的物品。"

"约翰·杰斯·摩尔？"茉莉娅和杰森异口同声地问道。

“没错，而在他之前，有一位女性抚养过内斯特。”

“一位女性……什么？”布莱克打断道。

“这事情说来话长，”菲尼克斯神父缓了口气说道，“要知道尤利西斯的父亲是一位出色的艺术家和梦想家，但是在现实生活中没办法一个人生活，他不会做饭，也不会打理一个家庭。当初在伦敦的时候，他就整天钻在虚幻旅行者俱乐部的藏书室里，对其他事情都不闻不问。所以当他的妻子安娜贝尔死于生产的时候，所有照顾孩子的重担全部落到了他的肩上。对于一个普通人来说要独自照顾一个婴儿尚且是一件不容易的事情，对于约翰·杰斯来说这种困难更是加倍的，他必须在短时间内学会所有的一切，因为与此同时，他开始了和岳父马库里·马肯·摩尔的官司之争，事实上，他的岳父宁愿烧掉所有的东西，也不愿意将其留给这位女婿！最终，约翰·摩尔得到了阿尔戈山庄，但同时也失去了他在伦敦的房子和里面所有的东西。”

“你说的这些我们都已经知道了，”布莱克催促道，“快说重点！那个女人到底是谁？”

“她的名字叫作伊丽莎白·开普勒，是一位非常美丽、聪明而且贤惠的女士。在1945年5月8日德国投降之后，她便来到了英国成了一位孤儿。伊丽莎白终身未嫁，当时她来到在英国寻找工作，而正巧尤利西斯的父亲正在寻找一位能够帮忙照顾小尤利西斯的女性……于是，伊丽莎白最后接受了这份工作，并且先是生活在伦敦，然后搬到了阿尔戈山庄，而约翰·杰斯也为她在山庄的院子里搭了一间小木屋。”

布莱克·沃卡诺使劲摇了摇头。“如此一说……”他说道，“现在我想起来了，她个子很高，非常精神……对了！那年我们认识尤利西斯的时候，她就在阿尔戈山庄里……还为我们准备过一次超赞的下午茶。我小时候一直以为她就是尤利西斯的妈妈，现在想来当然不是这样！”

"是啊……"杰森说道，"他的母亲早就去世了。"

"当时你们都多大了？"茱莉娅问道，女孩非常喜欢听这些往事。

"十岁，十一岁的样子吧……"火车站前站长回答说。

"你还记得开普勒女士真是不容易，布莱克……"菲尼克斯神父继续说道，"因为她只在尤利西斯小的时候照顾了他一段时间，特别是他们在伦敦的时候，当男孩长大之后，开普勒女士就离开了阿尔戈山庄，不过她和约翰·杰斯仍然保持着非常良好的朋友关系，直到尤利西斯的父亲决定去威尼斯生活……接下来才开始了最精彩的部分……"

"别告诉我说……"茱莉娅嘀咕着，"她也搬去那里生活了？"

"不……当然没有！"菲尼克斯神父赶紧否认道，尽管他自己也不敢打包票，"据我所知，伊丽莎白选择留在了伦敦，而就在约翰·杰斯出发前夕，她为约翰准备了一份礼物。而在我找到的笔记里就提到了这份礼物，内斯特的原话是这样写的：八音盒的秘密仍然保存得很好。"

"八音盒？什么八音盒？"

菲尼克斯神父看了看手里的字条说："一台八角形的八音盒。"

"等等！"杰森突然喊了起来，"我知道了！我今天还在餐厅里搬过这台八音盒并把它放在了餐柜上！"

不过布莱克似乎并不是很认同，"那为什么就这样一个内斯特的保姆给约翰送了一台八音盒的故事会让你在大半夜急匆匆跑来我这里呢？"

"因为让我着急赶来的并非是这个故事，"菲尼克斯神父回答说，"而是我找到内斯特这张字条的位置。你也知道鲍文医生是一个多么井井有条的人对吗？"

"是的，当然，这个我知道。那又怎样？"

"是这样的……他把这张关于八音盒的字条归类在了史宾西船长的大类里。"

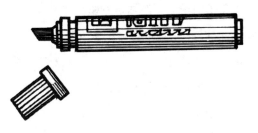

第二十五章
家庭问题

    " 您好？"弗兰克·霍默接起电话说道，然后他用手捂住了电话听筒，对着身后喊道，"你们可以安静一下吗？"

    餐厅里，阿斯科特、布莱顿、科顿、达文波特、埃弗顿和小芬娜丽一下子停止了打闹，而霍默先生终于得以重新接起电话。

    "您好，是的，不好意思……您说的是？"

    男主人一直听着，不停地点头，嘴里似乎在说着些什么，不，他并不认识这位布鲁姆小姐，是的，他当然知道关于弗洛格诺巷里摩尔家搬家的事情，虚幻旅行者俱乐部？

    是的，那些稀奇古怪、闻所未闻的玩意儿长期以来一直堆在自己家的库房里。当然，他并没有对这些东西进行过分类和整理……而且，是

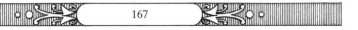

的，大部分东西已经被卖掉了：毕竟距离搬家已经过去了三十年。

"您能够再说一遍吗？什么？"弗兰克·霍默紧紧抓住听筒，贴在自己的耳边，另一只手打开抽屉，寻找着一支笔，想要做些笔记，然后说，"您稍等一下。"

他将听筒搁在了柜子上，然后走到餐厅，对着五个孩子喊道："谁拿走了电话边上的那支笔？我告诉你们多少遍了，电话边上一定要留下一支笔，这很重要！"

达文波特手上正好拿着一支黑色水笔。

好吧，总比没有强。

霍默先生一把夺过了儿子手里的水笔，然后回到了电话边。"刚才我们说到……瑟茜·德·布里格斯……一套书籍一共十一本……好的，过几天我会去库房看一下，我记下了您的电话号码……3……9……好的，布鲁姆小姐，当然，谢谢，一有消息我会马上告诉您的，再见。"

在挂上电话之后，霍默先生疑惑地挠了挠头。

"真是奇怪。"他自言自语道。

隔壁的房间里立刻恢复了吵闹。

"快过来把你的晚饭吃完！"他的太太对他说道，"已经都凉了！"

霍默先生回到了他餐桌主座的位置，桌子上如同往常一样一片狼藉。

"亲爱的，是谁？"

"一个客人。"他微笑着一句带过。

当天晚些时候，弗兰克·霍默来到了院子里，将球扔给了他的那条大狗，这里俨然已经成为他的私人领地，然后漫步走向他家的库房。他的父亲——老霍默先生，在战后花了很少的钱就买下了这些仓库，而这也为霍默家族生意上的成功奠定了坚实的基础。

他吹着口哨，继续不停地将球扔给大狗陪它玩耍，随后来到了最远的一件库房，门上写着数字6，从弗洛格诺巷的摩尔家里拿来的东西全部堆在这里。

房东走了进去，打开了天花板上长长的一排日光灯。

库房里一共放着四排金属货架，从地面一直连接到天花板，上面放满了各种东西，估计至少有上千件：书本，面具，雕像……

不少东西都没有被归类，也没有被卖掉。

事实上，除了那些来自重要客户的指定请求之外，霍默先生总是避免将摩尔家的东西拿出来卖，可能是他觉得这些东西更像他自己的吧。

为了避免浪费时间一个个架子去寻找，霍默先生来到了一张书桌前坐了下来，拿出一份清单，很快他便找到了女孩刚才提到的书本。看来这位布鲁姆小姐调查得很仔细啊！

瑟茜·德·布里格斯，一套共计十一本的冒险故事书，但是缺少第十一册。

"已售……"弗兰克·霍默的笔尖指在了这一行末尾的红色"√"符号上，"已售？卖给谁了？"

他迅速检查了一下库房的进出库记录，很快便找到了答案：这些书被一位意大利收藏家给买走了。

"来自金色太阳中古书店的……克劳格·博略罗 *……"霍默先生大声念道，不过他对于这些名字完全没有印象。

紧接着他惊奇地瞪大了双眼。

这本书的售价简直可以用天价来形容！无论从哪个角度来说都可以

---

* 如果想了解更多关于克劳格·博略罗以及金色太阳中古书店的信息，可以参考PIEMME 出版社于 2010 年出版的《国王的密码》。

算得上是一笔好买卖!

弗兰克·霍默合上了本子,若有所思。

这些书到底有什么特别的地方?

还有,这个叫安妮塔·布鲁姆的小姐到底是谁?为什么会从燃烧者俱乐部那里打来?

霍默先生转身离开了库房,关上门,牵着他的大狗往家走去。客厅里传来的声音告诉他至少两个孩子在那里玩游戏机,老大应该已经和朋友们出去了,唯一一个好学的孩子在二楼复习功课,而小女儿芬娜丽正在和她的妈妈聊天。

"我真算得上是一个非常幸运的人了。"弗兰克·霍默自言自语说。

这时他的妻子开始对着他喊着些什么。

"什么叫我没有关好家门?"霍默先生反问道。

不过事实就是:他确实没有关好门。

随着一声巨响,他的那条大狗冲进了房子,开始在楼梯上欢腾地跑着。

弗兰克·霍默

居住地：伦敦

特点：霍默搬家公司的老板，同时也是弗洛格诺巷那幢房子的所有人以及俱乐部的股东之一，五个儿子的父亲。出门时从来不会忘记戴上他的那顶得州牛仔帽。

第二十六章
黄昏的见面

拉斯佩齐亚的 1883 快速游艇俱乐部里仍然保留着海盗时期的装修风格。

当译者和睡不醒的弗莱德来到这里的时候，太阳已经落到了海湾边，从维尼勒港和五渔村的位置望向大海，弗莱德对于这样的美景显得非常满足。

而译者看上去则十分疲惫。在经历了长达四个多小时在地下昏暗运河里的航行之后，他们穿过了整个亚平宁山脉，现在终于得以坐在一条长凳上，面向沙滩，享受片刻放松的时光。

"这里可真是一个好地方呀……"睡不醒的弗莱德心想。

这里和他的家乡差不多。

他漫步在一所古老的航海学校里，看着一艘艘船模，感觉就好像随时都会有成百上千个航海家随时准备好去大海中冒险一样。

没多久，他和译者等候的那个人就出现了。

那是一个身材高大魁梧的男子，同时目光里却能够让人感到他的善良。

他先和弗莱德打了个招呼，然后拍了拍译者的后背。

"克劳格·博略罗，"他微笑着说，"专门收藏稀有书本的收藏家。"

他随身还带着一个装满了书本的盒子。

弗莱德叹了口气，又是书！他粗粗看了一眼，似乎是一些非常古老的故事书。

"这些书可费了你不少钱，知道吗？"收藏家对着译者说。

"希望它们至少能够有用。"译者耸了耸肩回答说。

两人聊了一些家长里短，收藏家说他家里这几天来了一个小侄女需要他照顾，并说这件事令他没少操心：因为他根本不是一个会照顾孩子的男人。

最终，两人在相互道别之后，收藏家便离开了。"现在我们也可以走了。"译者说道。

"去哪里？"弗莱德有些疑惑地问道。

译者指了指不远处的一艘帆船问道："你晕船吗？"

弗莱德笑了笑，看上去似乎有些生气的样子，"我得提醒你我可是出生在一个水手家庭！不过你该不会想要坐帆船去……基穆尔科夫吧？"

"哦，不会，我没有那么疯狂，我们还是坐飞机去。"

"坐船去机场？"

"你可能会觉得有些奇怪，不过离我们最近的机场位于热那亚港口，它的跑道直接就建在了海上，像是一个港口一样，所以从这里过去的话

坐船比开车要快得多。"译者一边解释，一边将那盒书夹在了腋下。

"你需要帮忙吗？"弗莱德问道。

"不用，倒是你，要不要也读一读？"

"看情况吧，这些是什么书？"

"我想应该是冒险故事书吧。"

"什么叫你想？难道你不知道？"

"是的，不过为了找到这些书我可没少花工夫。我只知道这些书和尤利西斯·摩尔的日记之间存在着某种联系。而且我的直觉告诉我在这里也许能够找到一些我们还没有发现的秘密。"

"我觉得这也许是一个很重要的秘密。"睡不醒的弗莱德说道。

"事实上并不完全是这样的，弗莱德。"译者一边走向帆船，一边笑着说，"事实上我真正关心的只有一个问题：就是当我们知道哪些是坏人的时候，怎样才能打败他们。"

第二十七章
表格的海洋

在第一个交叉口向左转，然后第三个交叉口向右转之后，两人连续步行了至少三公里才穿过宽广的失踪动物办公室和失踪物品办公室，最后，内斯特和小弗林特终于来到了一扇看上去十分精致的门前，门上写着：失踪人口办公室。

在门口有不少千奇百怪的人来来往往，他们之中有的人身穿盔甲，有的人骑着袖珍的矮脚马，还有的人光着脚单腿站立。

两人进入一个宽敞的房间，高高的天花板上贴满了马赛克砖，并形成了让人有些头晕的螺纹形状。房间里整齐地摆放着一排排木头小桌子，每张桌子上都放着一盏绿色灯罩的台灯。上百人在这里填写着各种各样麻烦的表格。

在桌子的前方有一些小窗口，有点像邮局里的那种，窗口的另一侧坐着几位金色皮肤的工作人员，内斯特并不清楚整个流程是怎样的，于是他来到了任意一个空闲的窗口边。

另一侧的一位女性工作人员头也不抬，伸出一只手说："表格呢？"

"我在……找一个人……"

"您填写表格了吗？"

内斯特回头看了一眼堆满纸张的桌子。

"没有，可是……"

"如果您找的是一位男性，请填写表格B，如果是一位女性，表格C，如果既不是男性又不是女性，表格D，如果有更复杂的情况，表格E，不过这种情况下需要将表格E交到最尽头的那个窗口，那里负责一些特殊的失踪案例。"

"我在找一位女性。"

"表格C。"

"她叫珀涅罗珀·摩尔。"

窗口后面的那位工作人员终于抬起了头说："如果您不将表格交给我的话，我帮不了您，请先填表格。"

"她是我的妻子。"

"如果是这样的话，请在申请人个人资料后面的第十二行备注：直系亲属。"

内斯特靠在窗口边轻声说道："您就不能直接帮我找一下吗？珀涅罗珀·摩尔，或者可以搜索：珀涅罗珀·莎乌莉，这个是她在结婚前使用的名字。"

"您可以在F一段的第四行里备注一下曾经使用名……"

"听着……"内斯特开始有些不耐烦地打断她说道，"难道您就不能

直接帮我搜索……"

"搞定了，"这时，小弗林特出现在了老园丁的身后，手里拿着一张填写好的表格，"我帮您填好了。"

工作人员接过了表格，面无表情地开始看了起来。

内斯特回头有些尴尬地看了看小弗林特。"我把眼镜给忘带了。"他解释说。

"我知道。"小男孩笑了笑说。

大约几秒钟之后，工作人员的椅子从窗口后面离开了，沿着一条轨道向着办公室的尽头滑去，到达那里之后，墙上的一扇门突然打开，正好让她通过。

这时老者和小男孩听见了一声尖锐的声响。

过了十来分钟之后，那位女性工作人员再次回到了窗口，发型看上去比之前凌乱了一些。

她递给了内斯特一张盖满公章的纸张，然后说："并没有查找到任何关于珀涅罗珀·莎乌莉或是珀涅罗珀·摩尔的失踪声明。"

"当然不会有这种声明！"内斯特嘀咕着，"我就是来找这个人的啊！"

"如果是这样的话，您应该填写……"

"嘿，等一下！现在你听我说！"阿尔戈山庄的园丁气愤地喊道，"最后一次有人见到我的妻子时，她就在这里，参加一个你们召开的那种愚蠢的会议！"

"如果是这样的话，您可以查看一下出勤记录表，需要填写……"

工作人员的话还未说完，就被和刚才相同的尖锐声音给打断了。

"您能告诉我一下这到底是什么声音吗？"小弗林特捂住了耳朵问道。

"是从出入境办公室那里传来的。"工作人员麻木地回答说，"右手

边第一扇门那里，他们应该是找到了一名偷渡者。"

"偷渡者？"内斯特问道，"什么样的人？"

女性工作人员有些不耐烦地叹了口气，然后看了一眼两人的身后是否还有其他人在排队。"可能是某个虚幻旅行地的居民想要非法移居到现实世界中吧。"

内斯特看了一眼出入境办公室，问道："是真的吗？这里有没有这些人的名单？"

"你们已经妨碍到后面排队人群办事了。"工作人员冷冷地回答说。

出入境办公室的墙上铺满了地图。每当那个尖锐的声音响起的时候，就有一位工作人员手拿着一个彩色的圆点，沿着墙上的地图跑到正确的位置，并将其放上去，然后再回到自己的座位上，开始在一台看上去十分老旧的电报机上打着一些代码。整个房间里的氛围十分严肃，让人觉得如同是在警察局里一样，这令小弗林特感到些许不安。

内斯特来到了一个窗口前，询问了关于珀涅罗珀的消息，在经过了快速的搜索之后，工作人员手里拿了一张并未填写完整的表格过来。

"找到了，非法移民，珀涅罗珀·莎乌莉……"

在听到了"非法"两字的时候，内斯特感到自己的胃抽搐了一下。

"嗯……看上去这张表格已经是相当古老了。"工作人员看着表格说道，"估计至少已经有三十年了……"

"这张表格上到底写了些什么？"内斯特着急地问道。

"哦，都是一些常规的信息……珀涅罗珀·莎乌莉……原居住地卡尼瓦勒西……位于真实的意大利境内，时间是现实公历时间 1751年……移民至基穆尔科夫，英国，1976 年，然后……啊，对了……这里好像有点奇怪。"

内斯特整个人都靠到了柜台上问道："有什么奇怪的地方？"

"这一切都很奇怪，我觉得。"工作人员嘀咕着，"这份表格被人用黑色代码给锁定了。"

"黑色代码是什么？"

"是这样的，尽管我来这里工作的时间并不长……不过据我所知，黑色代码只有当一个现实的地方渐渐转变成一个虚幻之地的时候才被使用……也就是说，所有的事务都被暂停了，直到有人做出决定之后再说。"

"那这个做决定的人又是谁呢？"

"我也不知道！"工作人员解释说，"不过，您看，您的这个地方也有一个'黑色代码'的章，是虚幻地办公室在 1997 年的时候盖上去的。"

内斯特显得有些难以置信，"也就是说基穆尔科夫……正在慢慢变成一个虚幻之地？"

"没错，不过这样一来，珀涅罗珀·摩尔女士的非法移民问题就可以自然而然地解决了，还有，这里甚至有人让我加急处理基穆尔科夫从现实之地向虚幻之地转变的手续。"

"加急……手续？到底是谁会下达这种指令呢？"

"关于这点，您当然应该去问虚幻地办公室了。"

"当然，"内斯特点了点头，同时不停地抓着自己的头发，"那请问这虚幻地办公室在……"

"等一下！"这时工作人员突然打断了他，"这里还有一个备注……好像这个申请就是珀涅罗珀·摩尔本人提出的。"

内斯特拍了一下自己的脑门儿。"看来她来这里就是为了做这件事情的……"老者自言自语说，然后转向工作人员问道，"那请问一下在这张表格上有没有写这位珀涅罗珀女士……是否回到了现实世界？"

"不，她再也没有回去过。"

内斯特的脑袋嗡的一下涨大了。

"还有没有其他的信息？比如，她可能会去什么地方……或者……她有没有办理过其他手续？"

工作人员仔细检查了一遍表格，然后摇了摇头说："没有，我想应该没有了。"

这时，那个尖锐的声音再次响了起来，刚才那位工作人员又一次跑到地图边，在上面贴上了一个彩色小圆点。

"那有没有关于史宾西的消息？"老园丁突然问道，"您可以再帮我查一下这个名字吗？史宾西船长。"

当工作人员离开去查询文件库的时候，内斯特这才意识到身边的小弗林特正皱着眉头盯着他看，"您介意也把情况跟我说明一下吗？什么虚幻之地、现实之地、非法移民、黑色代码……我感到自己完全不在同一个频道里！"

"再等一会儿……"内斯特回答说，"我会把整件事情向你说明的。"

这时工作人员手里拿着满满一盒文件走了过来。"我的天哪！"他感叹道，"这位史宾西船长看上去已经不是非法移民的问题了，而根本就是一名海盗嘛！他有着超过一千条的虚幻之地和现实之地之间的穿梭记录。"

"您方便帮我查看一下最近的那条吗？"内斯特感到自己的心跳加快。

"可以追溯到十二年之前了。"

"好的。"老园丁看上去宽慰了一些，"这样就可以了。"

于是他询问了虚幻地办公室的位置，索取了一份珀涅罗珀的申请文件，谢过这位工作人员之后，便走向了出口处。

小弗林特跟在老者的身后，似乎想些什么，然后突然他转身，回到了刚才的那个窗口处。

"对不起……"他问道，"我可以问一下这是怎么一回事吗？为什么你们能够知道非法移民者的名字呢？"

"哦，答案其实非常简单，"工作人员解释说，"我们在各个虚幻地的边界处都有工作人员负责管理的。"

小弗林特点了点头，虽然工作人员的话很清楚，但是不是他想要的答案。"那请问一下是谁帮摩尔女士填写的表格呢？"

"稍等我查看一下……"工作人员看着手上的文件说，"填写者姓名……这里没有……啊，对了，找到了：斯特拉·埃文斯。"

小弗林特身体颤抖了一下。

"斯特拉·埃文斯？"他轻声问道，"和我小学里的老师……一样的名字？"

第二十八章

斯特拉老师

最后玛拉留斯·沃尼克放下了手中的铅笔，对着年迈的女士微微一笑："您尽管说……"在昏暗的烛光下，燃烧者俱乐部头目的语气中没有紧张或是急躁，相反，他对于对面坐着的这位女性所展现出的亲切显得格外好奇。

斯特拉老师笑了笑，仍然保持着和蔼可亲的模样，"不，沃尼克先生，真的，我没有什么要说了。"

"您确定吗？"沃尼克再次问道。

此时此刻，两人正坐在小镇上最年迈的斯特拉老师家二楼的客厅里。

在小镇的宾馆被大水冲毁之后，这位小学教师将自己的大房子提供给部分流离失所的居民暂住。沃尼克一个人占用了整个顶楼，从那里能

够欣赏到基穆尔科夫沙滩的美景，同时也能够俯瞰整个小镇。一天下来，这位燃烧者俱乐部的首领几乎将全部的时间都花在埋头写他的小说上。

时间过得飞快，从早到晚似乎只是一眨眼的工夫而已，和前几天一样，这天晚上，沃尼克也是端着一杯大黄茶，和房东女士侃侃而谈。

燃烧者俱乐部的首领已经不止一次为女士清晰的思路和散发出的神韵而由衷地感叹，同时他总是感到女士招待他的方式令他十分熟悉和惬意，因此，他也特别享受和女士交谈的这段时间。

"事实上，确实还有一件事情……"斯特拉老师说道，"今天晚上，就在我准备晚餐的时候……"

"说到这个，"沃尼克突然打断她说，"我忘记向您表达感谢了，今天晚上的汤味道实在太好了！"

"您实在是太客气了……"斯特拉老师微微挡了挡自己微笑的脸，说道，"言归正传，我刚才说道，在一次偶然的机会下，我有幸看了几页您写的小说……"

"我写的只是一些灵感的记录，还没有经过文学加工……"

"很抱歉这点我不是很认同，沃尼克先生，因为我觉得您写得非常好！"

"是真的吗？"

"绝对如此！"

"好吧，既然您这么说的话……"

"哦，请不要这样说！我只不过是康沃尔一个不起眼小镇上的一位小学教师而已，我的判断又怎会影响到您呢？说到爱情的话，其实我这一生只爱过一个人，那人就是我的丈夫！"斯特拉老师指着四周摆放着的一些动物标本：一条蝾螈，一只啄木鸟，一头箭猪，一匹马，一只猫，一头狮子，一只猴子……还有其他一些看上去有些吓人的动物，这些标

本整整齐齐地被放在楼梯边的壁龛中。斯特拉女士的丈夫原本是一位非常出色的标本制作师，能够将标本处理得栩栩如生。"不管怎么说……我希望能够给您一个建议。"女士补充道。

"我洗耳恭听。"沃尼克说。

"在我读到的那一页中，有一句话我非常喜欢……是关于鹅的。"

"就是我说我们觉得鹅是一种很笨的动物，是因为我们用它们的羽毛来写字？"沃尼克回忆道。

"没错，我觉得这句话很贴切，同样我也想告诉您我丈夫经常说的一句话，他总是告诉我说当那些动物看着我们人类的时候，它们会觉得我们和它们是平等的物种，但同时它们也会觉得我们很笨，因为在它们看来，我们所有的表现，包括脸红、大笑、哭泣、悲伤，都是毫无原因的，这也是动物会害怕我们的原因。"

沃尼克拿起了杯子，说道："很有趣的观点，我一定要记录下来。"

"好了，沃尼克先生，我要说的都已经说完了，"斯特拉老师微笑着说，"现在，如果您不介意的话，我要回房休息了。"

玛拉留斯·沃尼克立刻站起身来，微微鞠了个躬，目送着老太太手拿着一根蜡烛，缓缓离开房间，然后回到座位上，若有所思。

"疯狂的人类，"他自言自语说，"我们都是……"

斯特拉女士沿着楼梯向上，来到了她的卧室里，然后将蜡烛放在了床头柜上，很快去了趟卫生间，回来之后打开窗户，并关上了百叶窗。

从她房间的窗户看出去，能够看到街对面卡利普索母亲的房间。

此时此刻，对面的房间里一片漆黑，里面的老太太可能已经睡着了，明天，她打算去探望一下对方，并给她带些吃的过去。

女士坐到了床边上，掀起了留有淡淡香味的被子，然后问自己一个

每天临睡之前都会提的问题："今天我看到了哪些美好的事情？"她在那位热衷于写作的先生脸上看到了孩童般的微笑。"是的，我看到了。"女士自言自语。

对她来说，这就足以让她安心地睡觉了。

女士弯下腰，准备脱袜子。

"也许明天可以给卡利普索的母亲带一些苹果蛋糕过去，"她心想，"一部分给她，一部分留给沃尼克先生。"

一只袜子掉落在了地上。

"不知道这位先生会在这里停留多久……"老太太又自问道。

家里能够有些声音，还能够与客人在客厅里交谈，这令她感到十分愉快。

她褪去了第二只袜子。

然后看了一眼床头柜上的报纸，这份报纸今天刚到，而女士还没来得及仔细阅读过。

"明天……明天……"女士说着，将腿放到了床上，然后用被子盖住了自己的两只脚蹼。

斯特拉·埃文斯

居住地：基穆尔科夫

特点：基穆尔科夫最年长的居民，多年以来一直在小镇上的唯一一所学校里教书，脸上总是挂着亲切的微笑，尽管年事已高，但是她仍然精神矍铄，思维清晰。

第二十九章

八音盒里的秘密

"好吧，时间已经不早了。"布莱克·沃卡诺在菲尼克斯神父离开之后说道。

"你可别想就这样赶我们离开！"茉莉娅·科文德双手交叉抱在胸前说，"现在你得告诉我们你们和这个史宾西之间的恩怨故事！还有就是在菲尼克斯神父来之前你正好打算说一件什么很重要的事情。"

"难道你们没听神父说吗？"火车站前站长有些意外地问道，"难道你们就不想急着回家看看那台神秘的八音盒？"

"那也是在等你把所有事情告诉我们之后了。"杰森坚持道。

"好吧。"布莱克叹了口气说，"不过就五分钟的时间。"

"就五分钟。"

布莱克·沃卡诺捋了捋自己的胡子，回忆道："是这样的……首先你们得清楚，当我们那时刚开始旅行的时候，并非是一帆风顺的，确切点说应该是困难重重！我们得以找到那艘隐藏在山洞底部的船只并登上它是十分幸运的，但同时来到一个陌生的地方之后我们又感到十分害怕。这些门到底是怎么回事？为什么在阿尔戈山庄里会有墨提斯号的存在？"

"赶快进入正题吧……"杰森打断他说。

"好吧！当我们旅行到乌克巴——这个由一位阿根廷作家率先找到的虚幻旅行地的时候，我们遭到了强盗的袭击，这是我们第一次遇到这种事情，大家都很害怕不知道该怎么办。我们从来没有在虚幻旅行地遇到过强盗，但是事实上确实存在的，而且数量还不少，他们之中最坏的那个人就是史宾西船长。"

"你是说……你们曾经遇到过……他本人？"茱莉娅有些难以置信地问道。

"是啊。"布莱克点了点头，"当你在电话里告诉我说安妮塔在弗洛格诺巷的房子里找到那本书时，说实话我感到非常吃惊。史宾西肯定很了解摩尔家族以及虚幻旅行者俱乐部，他说他在1700年的时候和雷蒙德以及威廉·摩尔都很熟。"

"可是……他到底是个怎样的人呢？"

"他是一个满嘴跑火车的人！"布莱克·沃卡诺回答说，"他很自信，也很喜欢向别人炫耀自己的事迹，他是一个海盗，而且当了许多年，住在遥远的一座荒岛上，甚至在地图上都找不到这座岛的位置。他以那里作为大本营，然后往返穿梭于不同的虚幻旅行地去掠夺别人的钱财。"

布莱克停下来看了看杰森，然后继续说道："这个海盗有一艘和墨提斯号很像的船……除了一个细节：就是这艘船上的帆完全是黑色的。

在彼得和其他人的怂恿下，尤利西斯想要更靠近些去观察那个海盗。事实上不单单是我们对他感兴趣，他也同样对我们感兴趣，确切点说，是对基穆尔科夫感兴趣。"

"为什么呢？"茱莉娅问道。

"他是一个海盗，虽然很有魅力，但是冷酷无情，他知道我们使用时光之门来旅行，而且在基穆尔科夫有好几扇时光之门。在一次于亚特兰蒂斯和他相遇的时候，他跟踪伦纳德并找到了卡利普索书店里的那扇时光之门……然后他夺走了那扇门。"

"他是怎么做到的？"杰森疑惑地问道。

男孩一直以为时光之门是不可能被摧毁或是移动的。

"我们也没有弄明白，不过事实就是他确实这样做了。他把时光之门卸下来并且带到了他自己的岛上。而当伦纳德再次使用那扇门的时候，就引来了小镇上的第一次洪水，并且引发了萨顿山崖下面的地震。总之，史宾西把那扇门给弄坏了，差点毁了所有的东西，包括这座小镇。"

杰森和茱莉娅听得说不出话来，"那后来发生了些什么？"

"于是我们决定永远地关上所有的时光之门，正如尤利西斯的先人们在三个世纪之前做过的那样。不过为了不让史宾西再到处搞破坏……我们得先想办法阻止他！"

布莱克有些不安地在房间里来回走动着，尽管事情已经过去多年，说到这里，他的眼中仍然闪着光芒，而他的声音也有些颤抖。

"史宾西犯了一个很严重的错误，正如我刚才说的那样，他是一个喜爱夸夸其谈的人，特别是在女人面前。他迫不及待地想要向珀涅罗珀展示他抢来的那扇时光之门，于是珀涅罗珀将计就计，同意蒙上眼睛之后跟随他的船来到了那座岛上，而到那里之后，珀涅罗珀仔细画下了一幅地图，并且捡了一个贝壳藏在了身上。"

"太机智了！"杰森崇拜地感叹道。

"有了一件物品和地图，我们就乘坐着墨提斯号去了那座小岛。不过……到了那里之后，我们发现那扇被他抢去的时光之门已经损坏了，变成了只能够单相通行，也就是从基穆尔科夫到史宾西的老巢。"

"那这样一来你们怎么办呢？"

布莱克有些得意地大笑起来，"说来你们可能不信：我们在那里举行了一次兵变，在这次冲突之中，尤利西斯的腿瘸了，而我们也砍下了史宾西的一只耳朵，同样伦纳德付出了一只眼睛的代价，不过……最后我们还是做到了，我们和一部分他的旧部一同抢走了他的那艘船，并将他和抢来的那些金银珠宝一起留在了那座荒岛上！"

"然后呢？你们驾驶着史宾西的海盗船去了哪里？"

"我们后来把他的船停到了一处沼泽地里，然后乘坐着救生船来到了最近的城镇。当最后我们回到基穆尔科夫的时候……后来的事情你们也知道了，反正伦纳德的眼睛是没有保住。"

在回阿尔戈山庄的路上，杰森和茱莉娅一直在讨论着内斯特到底会去什么地方，以及这个突然从大夏天的那些当事人中间冒出来的史宾西船长。两人聊到了海上的探险、墨提斯号，以及那艘不知道停靠在世界上哪个角落里的史宾西帆船。

在那一整天里发生的事情实在是太多了，以至于约翰·杰斯留在阿尔戈山庄的那个八音盒的事情差点被两个孩子给遗忘了。

当杰森想起这件事情的时候，已经是半夜三更了，他躺在床上，心跳得飞快，决定光着脚去餐厅看一看。

他记得很清楚这部伊丽莎白·开普勒留下的八音盒被放在了黑色碗架上从上数下来的第二层。

杰森搬来了一把椅子，踩上去之后取下了这件珍贵的物品：八音盒看上去如同是一部小型的旋转木马一样，中间有一块凸起的顶部，在八个原本应该配马的地方，放着八艘小船，这让杰森想到了尤利西斯·摩尔喜欢收集的那些船模。

于是杰森带着这个八音盒来到了尤利西斯的阁楼上。

银色的月光照进了这间密室里，院子里的树木在微风的吹拂下沙沙作响。

真的会有什么摩尔家族的秘密藏在这个八音盒里吗？

男孩拧上了发条。

八艘小船开始围绕着中间旋转，同时一阵优美的旋律在房间里响了起来。

"杰森？"茱莉娅的声音听上去有些感冒的样子，"你怎么会在这里？这个音乐是怎么回事？"

女孩坐到了男孩身边，一起看着这台八音盒。

音乐不停地播放着，小船不停地旋转着。

过了一会儿，整个装置停了下来。

窗外突然刮起了一阵风，将窗户重重地吹了开来。

杰森心跳得飞快，立刻跑过去重新关上窗户。

然后转过头来。

他的妹妹面色苍白，紧紧盯着八音盒。

"怎么了？"男孩吓了一跳，问道。

"我也不知道，杰森……"女孩回答说，"但是我很害怕。"

第三十章

沼泽之地

伦纳德看了一眼船帆，然后继续驾驶着船前进。

水面已经下降了好几米，从水下露出的树根时不时地会挂到船的底部。

"还很远吗？"卡利普索端着一杯茶走过来问道。

两人轻轻地亲吻了一下，然后伦纳德重新看着前方，驾驶着船只在沼泽地的迷雾和树丛中前进。

男人一言不发，喝了口热茶，又过了很久之后，他才开口说道："我们应该马上就到了。"

卡利普索迅速查看了一下放在船舱边上的航海图，然后将指南针放到了边上，并计算了一番。他们大约是三天前见到陆地，然后沿着岸边

航行，并在两天前拐进了河流的入海口，周围的海风慢慢变成了浓密的雾气，同时夹杂着些许硫黄的气味。而船底下原本清澈的海水也变成了黄绿色的泥浆。

　　卡利普索的视线落在了地图边上那封彼得的信上，信的内容并不多，只有几行而已，却是伦纳德独自出海来到这里的主要原因。借助卡勒屋子里的那台电报机，彼得在信中写道：

　　　　有人在船坞附近看见了黑色帆船，
　　　　它在城市里停留了几个小时，
　　　　目前没有证据显示是谁在上面。
　　　　请查看标记的地方。

　　和这条消息一起送达的还有一封来自政府的信函，上面写着灯塔边上的屋子需要涨房租。显然这两条消息都让他们开心不起来。

　　在接下来的几天里，灯塔的管理员开始查阅各种书籍、航海图和各种资料，然后，在几乎没有提前通知任何人的情况下，他便决定要出发。卡利普索原本想说她希望能够留下来陪伴自己年事已高的母亲，而伦纳德只给了她四十八个小时，让她来安排小镇上的护工轮流照顾妈妈。

　　随后两人便出发了。

　　旅途中四周的风景渐渐在变化，特别是在和内斯特通了电话之后。

　　当收音机的信号开始出现干扰，直到最后根本没有信号之后，伦纳德知道，他们离开目的地已经不远了。

　　他的意思是说他们已经穿越了现实世界的边界而来到了某个虚幻之地。

"再过不久应该就能看见了……"伦纳德说着，调低了马达的转速，两人一言不发地前进着，满眼所见的只有茂密的树林。

又过了没多久，河流突然变宽，成为一个静止的湖泊，湖面上随处可见被淤泥包裹着的树枝断木。

伦纳德熄灭了发动机，任由船只向前漂流。

在迷雾之中，两人时不时能够看见一些河流的入口，这让两人觉得身处的这片沼泽地地形一定十分复杂。

"这里……"灯塔管理员突然说道。

伦纳德眼罩下缺失的那只眼睛突然开始发痒，他只能咬紧自己的嘴唇来缓解用手去挠的冲动。

而另一只完好的眼睛则四处搜索着……

"它就比一艘普通的双桅帆船大一点，"伦纳德不停念叨着，"整艘船完全是黑色的，船体，绳索，船帆，全部是……"

两人的船缓缓地、安静地漂浮在一动不动的湖面上。

"这里完全找不到任何船只……"卡利普索说道。

伦纳德摇下了驾驶室的窗户，雾气随即进入了驾驶舱，同时……"你听见了吗？"

"没有，"卡利普索回答说，"我什么都没听见。"

接着，慢慢地，她也开始听见那个声音了，像是远处传来的鼓声，缓慢而又迷幻，来自迷雾深处的鼓声，充满了歇斯底里的野性。

"听上去像……猴子，"书店管理员说道，"难道是……鼓声？"

伦纳德侧耳倾听了一会儿，然后点了点头说："看来这里的居民们正在举行一场派对。"

卡利普索喝完了杯子最后一点茶，然后说："你在找的是这个吗？"

"不是。"伦纳德回答说，"这个完全不在我的预料之内。"然后他又

补充说："在这个沼泽的某处应该有一艘船。"

这时两人驾驶的船只底部似乎碰到了什么庞大的东西，船只开始在原地打起转来。

然后船只搁浅了。

第三十一章

最后的办公室

虚幻地办公室在一条长长的阶梯尽头，一扇小门的后面，阶梯的通道很窄，以至于每一次当遇到对面过来的行人时，双方都得停下来，说清楚各自往哪一边侧身。

办公室里是一片相当空旷的地方，摆放着无数张桌子，大量的工作人员伏案工作，绘制，校正并检查着各种各样的地图。

不断有金色皮肤的工作人员推着小车，到处收集和派发各种地图和资料。

大厅里无人说话，只有铅笔、橡皮、彩色笔在纸上摩擦的声音，以及工作人员椅子转动的声音。

内斯特径直走向了最近的一位工作人员，然后将刚才在出入境办公

室拿到的那份文件递了过去。

"我想找一位负责人，他是负责第……"他说着，将一长串编号大声念了出来。

工作人员告诉他另一张桌子的位置，在转过几个弯之后，他们终于找到了一位脑袋长得像土豆，戴着一副巨大的圆框眼镜，留着长长红胡子的小矮人。

小矮人从堆在他四周的文件中取出了一本册子说："我记得这份文件，因为它确实有些不同寻常。"

内斯特并没有打扰他在文件夹中寻找需要的资料，而是看了一眼桌子上堆积如山的文件说："为什么您会说它不同寻常呢？"

"事实上这已经是第三个又或是第四个关于同一个小镇的申请了，而且所有的申请均来自不同的时期……"工作人员回答道。

"您说什么？"

小矮人将文件夹打开之后转向内斯特，让他也能够看见。

"这里，看见了吗？最后一位向议会申请成为成员的是珀涅罗珀·摩尔女士，时间是几年之前……"

"那在她之前还有些什么人呢？"

"哈维·摩尔：不过这已经是很久很久以前的事情了。"

内斯特差点没有惊掉下巴，哈维，那个外国人，摩尔家族的老祖宗。

"在哈维的后面还有雷蒙德和威廉·摩尔……"

也就是说雷蒙德是知道隐藏着那座桥下的深渊里的秘密的，他也曾经来过幻影迷宫里，并且向虚幻旅行地议会递交了申请，希望基穆尔科夫能够成为虚幻旅行地之一，但是后来他又放弃了申请，并且关上了所有的时光之门，藏起了钥匙和那艘船。

这到底是为什么？

　　这就像一场诅咒一样，每一位摩尔家族的成员最后都是以关上他们自己发现的时光之门为结局，正如发生在他尤利西斯自己身上的一样。

　　"不管怎么说，"工作人员继续说道，"申请仍然是开放的，而且，一般从申请到最后通过都要经过好几百年的时间，让我看一下……这里有一份要申请成为虚幻旅行地成员必要条件清单，我想要说明的情况就这些了，无论是雷蒙德·摩尔还是珀涅罗珀女士都将这些……时光之门作为申请的唯一特点。是的，就这样，然后还需要签名单……"

　　"签名单？什么签名单？"内斯特打断问道，珀涅罗珀是怎么弄到签名表的？

　　工作人员找出了申请单上的附件，然后递了过去。内斯特瞪大了双眼，他知道这份东西：是菲尼克斯神父在小镇上彩票开奖时弄到的签名！也许这就是珀涅罗珀在离开之前会先去找神父的原因！

　　随后小矮人又开始翻看其他文件，然后对着光线说道："嗯，是的……我没有记错！附件 F 已经被拿走了。"

　　"这是什么意思？"

　　"在递交申请的时候，需要附上一件只有申请地才有的虚幻物品，随档案一同保留在工作人员这里……而在这份申请上原本递交上来的附件是'主钥匙'，但是该物品后来被雷蒙德·摩尔取走之后就再也没有交过来了。"

　　内斯特嘀咕着这下终于知道雷蒙德的主钥匙是从哪里来的了！

　　"此外，在附件 F 中还缺少一本日记、一本著作、一张地图或是任何关于申请地的出版物，也就是关于基穆尔科夫的出版物。"

　　"地图？"内斯特自言自语，他立刻想到了托斯·鲍文（THOS BOWEN）画的那幅地图。

　　随即他又想到了用自己的名字署名并且已经出版了的那些日记，不

管怎么说，要提供满足条件的物品应当不难！

不过还有一点他还不太明白：珀涅罗珀来到了幻影迷宫，填写了加快将基穆尔科夫转化为虚幻旅行地的申请，然后……她并没有再回去。

这其中发生了什么？

"关于这个申请，您还记得其他的事情吗？"老园丁呼吸有些急促地问工作人员。

"是这样的……正如您所知，这件事情距离现在已经过去了很久的时间……"

"当然。"内斯特有些沮丧地说道。

又是一条死胡同，又是一些片言只语的消息。

"不过在幻影迷宫这里，是没有时间的概念的，"小矮人补充道，"对于珀涅罗珀女士我记得很清楚！她留着一头金发，而且是一位非常美丽的女士……"工作人员托了托自己的眼镜，有些得意地笑了笑说，"要知道我对于漂亮女性的审美要求还是很高的……"

内斯特只能僵硬地笑一笑。

"在递交了申请之后，"工作人员继续说道，"她告诉我说对幻影迷宫里的一些地方很感兴趣，或者说，对虚幻之地很感兴趣，我当时立刻就明白了她的意思……"

"也许您是明白了她的意思，不过我并不明白……"小弗林特在一旁有些绝望地喊道，同时令四周忙碌的工作人员同时向他们投来了略带责备的目光。小矮人冷冷地看了一眼小男孩，就好像之前一直都不存在这个人一样，最后他解释说："其实，很明显珀涅罗珀是对亚丽安娜之线感兴趣。"

"亚丽安娜之线？"内斯特不解地问道。

"没错，或者可以说'幻影迷宫地图'，按照要去的目的地，这里有

许多用来指引的线，比如说红色的线：意味着炎热之地；白色的线：寒冷之地；黑色之线：……通向那些……最可怕的虚幻之地……"

"这是什么意思呢？"内斯特问道，同时脑门儿上开始渗出一滴滴汗水。

"这很明显：并非所有的虚幻之地都是一些充满欢乐和幸福的地方，同样存在着一些充满了黑暗和恐怖的地方，有人称它们为恐惧之港。"

"明白了……"老园丁皱起了眉头说，"那珀涅罗珀有没有透露过为什么她要……去那里吗？"

"事实上，如果我没有记错的话，并非她一定要去，而是她的一位朋友一直在坚持着。"

内斯特的手本能地伸了出去，一把抓住了工作人员，将其吓得叫了起来。"朋友？您说的是什么朋友？"阿尔戈山庄的老园丁紧张地问道，但是很快他便意识到了自己的失态，立刻向工作人员道歉。

小矮人揉着自己的手腕，有些生气地说："真是太无礼了！"

内斯特的声音已经变得有些颤抖："您说的是不是一个身材很高，一头金发……耳朵缺少一角的男人？"

"没错。"工作人员回答说。

尤利西斯·摩尔最担心的事情终于发生了，他被这个消息压到透不过气来。现在看来事情的经过有可能是这样的：珀涅罗珀应该在幻影迷宫里遇到了史宾西船长，然后……然后发生了什么事情？老者努力想让自己别往最糟糕的方向去想。

这时小弗林特突然开口了，而且令人感到意外的是他对于最后的那一部分似乎完全听明白了。男孩清了清嗓子，冷静地说："我们需要一根亚丽安娜线……黑色的。"

这次工作人员仔细看了看他，面露担忧，说："如果是这样的话……你们需要先得到授权……"

“什么授权？”

“你们需要去全球虚幻旅行者办公室，向安全旅行部去提出申请，从这里下楼，然后在左手边的第一个房间就是了，不过如果是你们的话，我建议你们再认真考虑一下……”

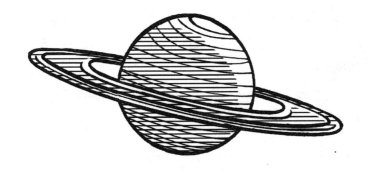

第三十二章

旋转的房间

当看着土耳其烤肉那根串肉的棒子在火边不停旋转的时候，安妮塔·布鲁姆忽然想起了什么。

"在旋转……"她低声说道。

剪刀兄弟问她在说些什么，女孩解释道："我在说摩尔家那幢房子的地下室。"

两位燃烧者俱乐部成员一头雾水地看着女孩，于是安妮塔拿起了桌子上一张餐巾纸，然后在上面开始画了起来。

"看到了吗？八条边，在一侧是入口，就是这里，在中间的地方是一个金属底座……就和土耳其烤肉的那台机器一样，另外还有七张椅子，每条边上分别对应了一张，这样一来一共是一扇金属门和七把椅子，

明白吗？"

女孩看着剪刀兄弟脸上疑惑的表情，然后补充道："据我推测，这个房间应该是在旋转的，不过别问我为什么知道。"

"'DIE PLANETEN HABEN ALLE SIEBEN, DIE METALLNEN TORE AUFGETAN'——行星上的七重门已经打开。"黄毛似乎找不到更加贴切的言语来表达自己了。

而卷毛在想了一会儿之后，接口道："瓦格纳……不，等等……是歌德！"

"猜中了！"

安妮塔摇了摇头，继续画下去，而随着她越画越多，女孩越发觉得自己的猜测是正确的。于是她根本不等自己点的土耳其卷饼出炉，直接走向了出口。"我们能走了吗？"她问道。

而这根本就不是一个问题而是一个命令。

大约十五分钟之后，几人将吃惊不已的皮雷斯从床上叫了起来，然后四人一同来到了地下室。

"您的想法确实非常特别，小姐……"管家一个哈欠接着另一个哈欠，一边在前面带路，一边说，"我实在不明白为什么您会有这个念头。"

事实上，即便是安妮塔自己也不是非常清楚，或者说她根本就不知道。但是直觉告诉她那间地下室里隐藏着什么很重要的秘密……也许就是这个秘密才使得奥利维亚·牛顿愿意出天价来购买这里的房子。

不管怎么说，安妮塔仍然坚持跟着自己的直觉走。

当皮雷斯再次打开地下室的铁门时，女孩尝试着向剪刀兄弟解释之前在餐巾纸上画的那些图。

她在房间中央的金属地板上使劲蹬了几下，地板发出震耳的隆隆

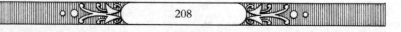

声，然后她仔细检查着墙壁，寻找着隐藏的通风口。"你们能够感觉到吗？"女孩问道。

确实，在房间里有些很奇怪的气流，就好像墙壁并没有很好地固定在地板上一样。

"我确定……秘密就藏在这些椅子里。"安妮塔越说越激动。

她坐上了第一张椅子，紧紧抓住已经有些磨损到发黑的扶手，什么都没有发生，女孩转过头来，只见上面写着：月亮。

同样，另外六把椅子每一把都对应着一颗星球，分别是水星、火星、金星、木星、土星和太阳。

"这到底会是什么意思呢？"安妮塔挖空心思想道。

这时她突然有了一个想法，女孩请皮雷斯和剪刀兄弟分别坐在其他的几把椅子上，不过除了在坐上去时椅子有些轻微下沉，并没有发生其他特别的事情，而且众人的这些尝试看上去既徒劳又有些愚蠢。

安妮塔停止了尝试，开始在房间里紧张地走动起来。

七张椅子，而他们只有四个人。

"还差三个人，"女孩说道，"我想我们需要有七个人来做这个尝试。"

卷毛笑着说："听着，小姑娘……我们当然可以就你这些凭空出现的念头来做尝试，不过……"

"拜托了！"安妮塔恳求道。

于是几个人堆了一些皮雷斯的箱子在另外几把椅子上，来模仿人坐在上面的重量，然后四人重新坐到了自己的位子上，椅子仍然轻微地下沉了一点，但是……

"我觉得好像什么都没有发生！"黄毛说道。

"请你们坐好！"安妮塔坚持道，"然后抓紧扶手……"

仍然什么都没有发生。

正在这时，突然从房间的墙壁底部吹来了一阵寒风。

然后房间中央的那块金属地板开始震动起来。

"是火车。"皮雷斯简单地说道。

安妮塔看了管家一眼，然后又望着那三张堆满箱子的椅子。

木星，火星，土星。

"等等……"她轻声说道，"你们帮我一个忙！"

她让其他人帮忙将土星上的箱子全部放到了自己的座位上。

然后她自己做到了土星的那张椅子上。

深深吸了一口气。

然后紧紧抓住了扶手。

这时，伴随着"咔嗒"一声，椅子的扶手向外翻开。*

女孩听到了一阵清脆的声响，似乎是某处的机关发动了，地板下面的齿轮和链条开始转动起来。

"找到了！"安妮塔兴奋地喊道。

"见鬼，你到底是怎么知道的？"卷毛坐在自己的位子上问道，一动也不敢动。

同时黄毛和皮雷斯似乎连大气都不敢喘一下了。

女孩望着四周，并没有松开紧紧抓着扶手的双手。

房间中央的金属地板震动得越来越强烈，伴随着一声"哐"整个房间开始缓缓地沿着顺时针方向转动起来。

房间的大门和其他椅子一起向右转去，原本是门的地方，现在变成了墙壁。

---

　　* 这是一个摩尔家族最喜欢玩的文字游戏，为了让房间旋转起来，需要触发土星位子上的扶手机关。

安妮塔再次转动扶手，地底的机关再次发动，这次房间的大门转到了另一个出口处。

安妮塔这才松开扶手，站起身来。"在这里！"女孩激动地喊道。

"这里……到底是什么？"卷毛瞪大了双眼问道。

"我想……"皮雷斯用一贯镇定的语气说道，"应该是一个密室吧。"

"你们有人带光源了吗？"安妮塔问道。

管家点燃了一个雪茄点烟器，使得房间里出现了一团昏暗的天蓝色火光。"您先请，小姐。"

安妮塔慢慢摸索着走进了刚刚发现的密道，来到了一间狭窄的密室里。

"我敢打赌摩尔家族一定在这里隐藏了他们真正的宝藏！"

在跨过门槛之后，女孩的眼光立刻落在了地上铺着的那层漂亮的马赛克上，其中的一些方块似乎与众不同，并且拼成了某个图案。

"皮雷斯先生，您能够照一下这里吗？"

管家来到了她的身边，将火光放低，来照亮地板，马赛克上那些与众不同的贴片组成的是一个名字：雷蒙德。

在不远处，放着一卷东西，外面用深色的布匹包裹着，并系上了绳子，用铜扣扣着。

"嘿，你们觉得这里面会有宝藏吗？"黄毛指着那一个布包说道。

安妮塔若有所思地摇了摇头。"我不这么认为，"她拿起了那卷物品说，"看上去好像有人……不知出于何种想法，希望将这些……黑色的船帆……藏在这个密室里。"

第三十三章
威尼斯的瀑布

当彼得·德多路士驾驶着蜘蛛潜艇下潜到翠绿色的水里时，瑞克仍然不停地叫喊着。而就在距离他们不远的地方，卡波特之家已经陷入一片火海。

"托马索还在那里！你炸房子的时候把他埋在里面了！"

"别说傻话了！"钟表匠反驳道，"你的朋友已经出来了。我看到他了！"

"那为什么我们不等他一下呢？"

彼得回头瞪了男孩一眼，然后继续操控着蜘蛛潜艇，缓缓离开河岸。

瑞克不知道该怎么办，只能眼睁睁地通过潜望镜看见卡波特之家被夷为废墟。

男孩告诉自己一定要冷静下来。

他深吸了几口气，然后转向彼得问道："那你现在打算怎么办？"

"我原来的打算……"发明家冷冷地回答说，"是将你们两人带到友爱巷，然后让你们自行回家，我会通过其他渠道和你们碰头……"

"什么其他渠道？"瑞克有些疑惑地问道。

正在这时，只听见重重的"哐当"一声，有什么东西砸到了潜艇上，令其不停摇晃起来。

"该死！到底发生了什么？"瑞克吓了一跳，问道。

"我也不知道！"彼得回答说。

红发男孩重新抓起了潜望镜：就在距离他们不到一米的地方，一艘巨大的黑色贡多拉船紧紧跟随着他们，船上的一些灰衣人不停用船桨拍打着彼得·德多路士的蜘蛛潜艇。

"该死！"瑞克喊道，"他们就在上面！我们得去水更深一些的地方！"

"我正在这样做！"发明家手上操作起来的动作更快了。

蜘蛛潜艇的爪子加快了爬行的速度，不过那些跟踪者也更用力地划船，并能够跟上潜艇的速度。

"改变计划！"彼得·德多路士喘着气说，"我们不去友爱巷了，你跟我一起用我的方法回去！"

随后，伴随着一阵奇怪的声响，潜艇内的换气扇停止了工作。

"他们把水面上的浮筒给割断了！慢点呼吸，伙计：船舱内的空气有限。"

瑞克咽了口唾沫。

蜘蛛潜艇仍然沿着河底向前行走，而秘密警察的贡多拉船亦紧追其后。瑞克一会儿看看驾驶舱的窗外，一会儿看看潜望镜，焦急地说道：

"他们一点都不放松啊……"

彼得一言不发，驾驶着蜘蛛潜艇朝着一个似乎只有他自己知道的方向移动过去。

"到了！"在经过了大约一刻钟之后，发明家突然大声说道。

在潜艇四周的水流似乎比之前更加湍急了，带动潜艇一起上下晃动。

"他们在哪里？"

"他们好像已经跟丢了！"瑞克用潜望镜仔细查看了四周之后说。

"很好。"

这时一个旋涡差点让潜艇翻转过来，幸好发明家及时控制住方向，才得以让潜艇保持平衡。

"我们现在去哪里，彼得？"大约几分钟之后，瑞克问道。

不过发明家并没有直接回答。

又经过了大约半个小时，男孩才注意到两人似乎位于一个潟湖里，并且正朝着堤岸的方向驶去。在到达河堤之后，蜘蛛潜艇缓缓爬上了岸，而男孩立刻打开舱盖，让新鲜空气能够进入潜艇内部，两人依然能够依稀听见从远处传来的追踪者的叫喊声，不过这微弱的声音很快便淹没在了周围的隆隆声中。

瑞克向着河堤的另一边望去，心悬到了嗓子眼儿。

"不是吧！"他害怕地喊道。

潟湖中的水流在缓缓流过十来米宽的河堤之后，汇聚成一道水幕，迅速落入一道深不见底的峡谷之中，并激起大量水花，就如同尼亚加拉大瀑布一样。

"这玩意儿已经特意经过加强改装了，"彼得简单说道，"应该能够承受得住。"

然后他从舱内的一个储藏柜里取出了一个类似于橡皮气囊一样的东西递给了瑞克。

"穿上它！"发明家命令道，"我想在着陆的时候应该会有一次比较强烈的冲击。"

"彼得！你知道你在干什么吗？"

"当然，而且我很早之前就打算这样做了，只不过……"

发明家说着抓住了一根拉杆，而彼得亦在这时穿上了橡皮气囊。

"……我一直有些恐高而已！"

蜘蛛潜艇纵身向前一跃，一头扎进了河堤另一侧的瀑布中，瑞克回头看了一眼身后紧追不舍的那艘贡多拉船，祈祷着他们不要再跟过来。

不过，很快他便顾不上那么多了。

彼得·德多路士的蜘蛛潜艇随着瀑布的水流一同掉下了深渊。

第三十四章
史宾西船长

这时下起了细雨，将天空和大海笼罩在了灰暗之中。

接着传来了一阵强烈的震动，整幢房子都开始晃动起来。

在过度的疲惫和害怕之中原本已经在阁楼上睡着了的杰森和茱莉娅一下子跳了起来。

男孩立刻跑到窗边，查看到底发生了什么。

"茱莉娅！"他喊道。

"杰森！"妹妹回答道。

两人的父母这时也已经醒了过来，同样在叫喊着。

晃动持续了一两秒钟的时间，不过对于这一家人来说却显得特别漫长。

杰森赶紧跑回自己的房间，将牛仔裤和毛衣直接套在了睡衣的外面，然后跑到了楼下，很快，茱莉娅和科文德夫妇也跟了过来。

"发生什么事了？"

"好像是地震！"

"我们快点离开这里！快点离开这里！"

众人打开房门，来到了院子里，直到这时，他们才得以喘了口气。身边的房屋、树木、工具房、梯子，所有的一切似乎都没有什么异常。

没有任何损失，阿尔戈山庄坚持住了。

兄妹两人抱在一起，相互鼓励。

难道这只是一场噩梦？

科文德太太紧紧依偎在丈夫的身边。

"赶紧收拾行李！"男主人有些歇斯底里地喊道，"这里我一分钟都不想多待了！"

可是已经过去了。

地震已经过去了，而且……

"杰森！"茱莉娅突然喊道。

"怎么了？"

"你看见了吗？"

"看见什么？"

茱莉娅来到了通向海边的石阶边，从这里能够看到整个基穆尔科夫的海湾，并且延伸到远方的大海。

女孩的哥哥很快赶了过来，两人张大了嘴，望着大海。

在距离基穆尔科夫的沙滩不远处，停着一艘船。

黑色的船体，沥青色的船帆。

在桅杆和绳索之间，忙碌着许多船员。

而在船舵的后面，站着一位身穿闪亮服装的金发男子。

只见他抬起了一只手，然后迅速挥动了一下。

船只缓缓转了四分之三圈，面向悬崖。

随即船上的八门大炮同时发出了轰隆隆的巨响。

未完待续

史宾西船长

居住地：神秘岛（海上的一座孤岛）

特点：海盗史宾西是超过一千起虚幻旅行地和现实之地袭击事件的主犯，据说他驾驶着一艘有着黑色船帆的帆船，能够穿梭于各处虚拟旅行地之间。

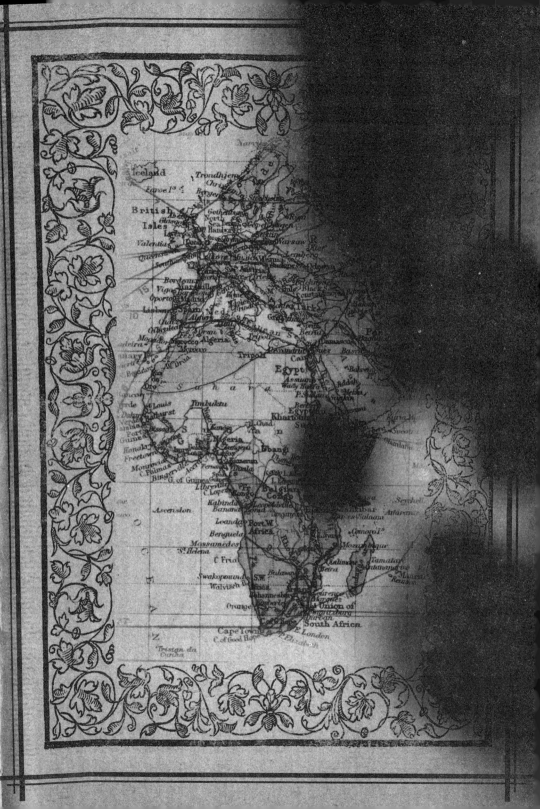